ATTENTION !

Ce manga est publié dans son sens de lecture original. Vous êtes ici à la fin du volume. Commencez par la dernière page et lisez les bulles de droite à gauche.

Scénario et dessin
KAZUNE KAWAHARA

Traduction
ARNAUD TAKAHASHI

Adaptation graphique
MONICA ROSSI

Lettrage
ALESSANDRO LAPIDDI

Directeur de l'édition française
ALAIN GUERRINI
Comité de direction
A. GUERRINI
A. DENECHERE
S. DALLAIN
Directeur délégué
SÉBASTIEN DALLAIN
Directeur éditorial européen
MARCO M. LUPOI
Rédacteur en chef
WALTER DE MARCHI
Responsable marketing opérationnel
MARJORIE TODRANI
Chef des ventes
BENOÎT FRAPPAT
Coordinatrice commerciale
LYDIE PHAM
Contrôleur de gestion
GRÉGORY PELUSO
Relations presse
FHCOM
Coordinateurs éditoriaux
MATTEO LOSSO, ANNA RODELLA
Supervision
LAETITIA SAMMARTINO
Rédacteur
MATTHIAS DACORNE
Directeur artistique
MARIO CORTICELLI
Conceptrice graphique
SABRINA PIU
Maquettiste
PAOLA CARPI
Responsable production
ALESSANDRO NALLI

Avec la collaboration de **J. BAGLIO, S. CONY, A. JODKOWSKI, MPG, V. PARRA, S. VAUBOIS** et de toute l'équipe de Panini.

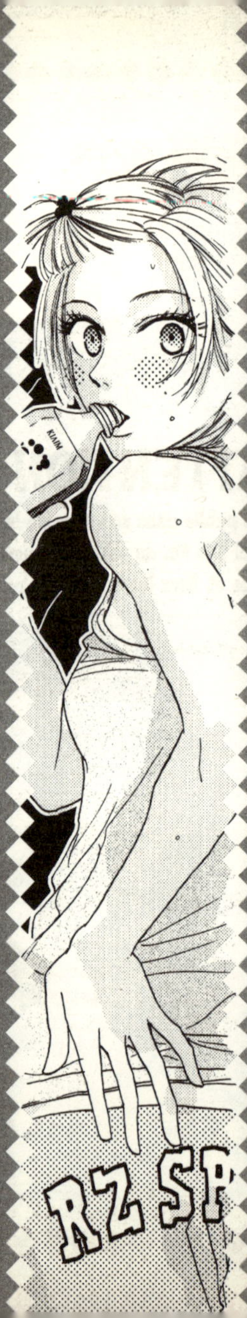

KOKO DEBUT 5
ISBN : 978-2-8094-0789-1

Un ouvrage PANINI MANGA / PANINI FRANCE S.A.

Commercialisation et relations média :
PANINI FRANCE S.A.
Z.I. SECTEUR D - B.P. 62
06702 SAINT-LAURENT-DU-VAR
CEDEX
www.paninicomics.fr
presse-bd@panini.fr
Tél. 04 92 12 57 57
Fax 04 92 12 57 58

Dépôt légal : mai 2009.
PANINI MANGA est une marque déposée par PANINI FRANCE S.A.
Impression : Industria Grafica Editoriale Pizzorni s.r.l., CREMONA.
Imprimé en Italie / Printed in Italy.

FOCUS ON PANINI MANGA www.paninicomics.fr

SENNEN NO YUKI

Série en 2 volumes

Chiyuki est atteinte d'une malformation cardiaque qui lui sera bientôt fatale. Un soir, derrière l'hôpital, elle rencontre un étrange vampire nommé **Tôya**. Celui-ci refuse de boire du sang, préférant passer seul les mille ans qu'il lui reste à vivre plutôt que de se lier à un humain. En effet, s'il boit le sang de quelqu'un, cette personne deviendra son partenaire et vivra aussi longtemps que lui en une sorte d'osmose. Alors que la jeune fille regarde avec crainte sa mort approcher, le jeune vampire redoute plus que tout les siècles à venir. Pourtant, Chiyuki ne demanderait pas mieux que de contempler la neige en sa compagnie pour mille ans encore.

SHOJO

DÉJÀ PARUS

panini manga — www.paninicomics.fr

20TH CENTURY BOYS - 1 à 22
Naoki Urasawa
21ST CENTURY BOYS - 1 & 2
Naoki Urasawa
A ROMANTIC LOVE STORY - 1
Kaho Miyasaka
AI SURU HITO - 1 à 4
Yuki Yoshihara
ANGEL HEART - 1 à 27
Tsukasa Hojo
BABE MY LOVE - 1 à 7
Yoko Maki
BEAUTY - 1 à 5
Aya Oda
BINETSU SHOJO - 1 à 10
Kaho Miyasaka
BLOOD - LE ROMAN
Mamoru Oshii
BLUE HEAVEN - 1 à 3
Tsutomu Takahashi
B.O.D.Y. - 1 à 8
Ao Mimori
CAT'S EYE - 1 à 9
Tsukasa Hojo
CITY HUNTER - 1 à 22
Tsukasa Hojo
CITY HUNTER X
Tsukasa Hojo
DARLING - 1 à 8
Yuki Yoshihara
DAYDREAM - 1 à 7
Sankichi Meguro & Saki Okuse
DÉSIR©MAX - 1 à 6
Ayane Ukyo
DITES-MOI QUE J'EXISTE - 1 à 3
Ryo Ikuemi
DOGS - 0
Shiro Miwa
DOGS BULLETS & CARNAGE - 1 à 3
Shirow Miwa
EDEN - 1 à 17
Hiroki Endo
ENFER&PARADIS - 1 à 19
Oh! great
FLOWER OF EVIL - 1 à 3
Lee Hyeon-sook
4 PURE LOVES
Mayumi Yokoyama
4 REASONS
Mayumi Yokoyama
FULL METAL PANIC! - 1 à 9
Shouji Gatou & Retsu Tateo
FULL METAL PANIC! Σ - 1 à 6
Hiroshi Ueda, Shouji Gatou & Shikidouji
GALISM - 1 à 6
Mayumi Yokoyama
.HACK - 1 à 3
Rei Izumi & Tatsuya Hamazaki
.HACK//G.U.+ - 1 à 4
Tatsuya Hamazaki & Yuzuka Morita
HIMIKO-DEN
Oh! great
HIROKI ENDO NOUVELLES - 1 & 2
Hiroki Endo
HONEY BITTER - 1 à 4
Miho Obana
HONEY BUNNY - 1 & 2
Ryo Ikuemi
HOST CLUB - 1 à 13
Bisco Hatori
HOT GIMMICK - 1 à 12
Miki Aihara
IKKITOUSEN - 1 à 12
Yuji Shiozaki
KARE FIRST LOVE - 1 à 10
Kaho Miyasaka
KATTE NI SHIYAGARE - 1 & 2
Keiko Konno
KAZE NO SHÔ
Jirô Taniguchi & Kan Furuyama
KEN - 1 à 19
Tetsuo Hara & Buronson
KIRARA - 1 à 6
Toshiki Yui
KISS IN THE BLUE - 1 à 4
Kaho Miyasaka
KOKO DEBUT - 1 à 5
Kazune Kawahara
LA SUBMERSION DU JAPON - 1 & 2
Sakyou Komatsu & Tokihiko Ishiki
LE CHEMINOT
Jiro Asada & Takumi Nagayasu
LONE WOLF & CUB - 1 à 24
Kazuo Koike & Goseki Kojima
LOVE BERRISH ! - 1 & 2
Nana Haruta
LOVELY DEVIL - 1 à 11
Mitsuba Takanashi
MERU PURI - 1 à 4
Matsuri Hino
METAMO KISS - 1 à 3
Sora Omote
MIERU HITO - 1 à 5
Toshiaki Iwashiro
MIN MIN MINT
Satoshi Shiki
MOONLIGHT MILE - 1 à 10
Yasuo Otagaki
NIJIGAHARA HOLOGRAPH
Inio Asano
NORA - 1 à 9
Kazunari Kakei
NOSATSU JUNKIE - 1 à 5
Ryoko Fukuyama
PARFAIT-TIC! - 1 à 12
Nagamu Nanaji
PEACH GIRL ILLUSTRATION BOOK
Miwa Ueda
PLANETES - 1 à 4
Makoto Yukimura
PRINCESSE KAGUYA - 1 à 11
Reiko Shimizu
REAL BOUT HIGHSCHOOL - 1 à 5
Reiji Saiga & Sora Inoue
RED EYES - 1 à 10
Jun Shindo
ROCKIN' HEAVEN - 1 à 3
Mayu Sakai
SAINT SEIYA EPISODE. G - 1 à 15
Masami Kurumada & Megumu Okada
SAIYUKI - 1 à 9
Kazuya Minekura
SAIYUKI RELOAD - 1 à 7
Kazuya Minekura
SENNEN NO YUKI - 1 & 2
Bisco Hatori
SIN - 1 & 2
Kim Hwan
SKIN - 1 à 3
Kouji Hayashi & Kunihiko Nakai
SIDOOH - 1 à 8
Tsutomu Takahashi
SOLARIUM - 1 & 2
Keiichi Itou
SUREBREC
Kazunari Kakei
TOKYO MAGNITUDE 8 - 1 & 2
Usamaru Furuya
TOTO - 1 à 5
Yuko Osada
URA PEACH GIRL - 1 à 3
Miwa Ueda
VAMPIRE KNIGHT - 1 à 8
Matsuri Hino
VENUS WA KATAOMOI - 1 à 13
Yuki Nakaji
WHISTLE! - 1 à 15
Daisuke Higuchi
ZERO THE CIRCLE OF FLOW - 1 &
Lim Dall-Young & Roh Sang-Yong

Pour compléter votre collection : tél. 04 92 12 57 65 - fax 04 92 12 57 58 - www.paninicomics.fr

ALORS COMMENT VOUS AVEZ FAIT POUR VOUS RÉCONCILIER ?
C'EST GRÂCE À ASAOKA. C'EST LUI QUI A TOUT ARRANGÉ.
ET JE DOIS D'AILLEURS AVOUER ...
... QUE JE NE COMPRENDS RIEN À CE GARÇON.
AH OUI ?
C'EST BIZARRE. MOI, AU CONTRAIRE, J'AI L'IMPRESSION DE LE COMPRENDRE PLUTÔT BIEN !
ILS SONT DÉFINITIVEMENT FAITS L'UN POUR L'AUTRE.
<< À SUIVRE >>

YO...
VOUS ÊTES RÉCONCILIÉS ?
TANT MIEUX !
FINALEMENT, C'EST LEQUEL QUI S'EST EXCUSÉ ?
NI... NI LUI...
... NI MOI !

RENTRONS.
OK.
"YO NE POURRA PAS S'EMPÊCHER DE NOUS SUIVRE."
YO...
... EST-CE QUE J'AI LE DROIT...
... DE PENSER QUE TU M'AIMES ...
... BEAUCOUP PLUS QUE JE NE ME L'ÉTAIS IMAGINÉ ?

JE NE ME SUIS PAS APERÇU QUE C'ÉTAIT DE LA COMÉDIE, MAIS J'AI REFUSÉ SES AVANCES.
JE SAIS.
JE LUI AI DIT QUE DEUX PETITS AMIS EN MÊME TEMPS, JE NE POUVAIS PAS.
JE SAIS.
JE LUI AI DIT QU'IL N'Y AVAIT DE PLACE QUE POUR TOI, DANS MON CŒUR.
JE SAIS. J'ÉTAIS LÀ. J'AI TOUT ENTENDU.
TU NOUS AS SUIVIS ...
... À PARTIR DE QUEL MOMENT, EXACTEMENT ?
JE PRÉFÈRE NE PAS LE DIRE.
COMME TU VOUDRAS.

C'ÉTAIT ...
... DE LA COMÉDIE...
IDIOTE !
HEIN ?
C'ÉTAIT CLAIR QUE C'ÉTAIT DE LA COMÉDIE ! COMMENT TU AS PU TOMBER DANS LE PANNEAU ?
C'EST... C'EST UN EXCELLENT ACTEUR.
C'EST TYPIQUEMENT POUR CE GENRE DE CHOSES ...
... QUE JE NE PEUX PAS TE LAISSER.

TU VOIS ? IL ÉTAIT LÀ.
...
YO ...
BON, EH BIEN MOI, JE RENTRE.
HARUNA, TOUT CE QUE JE T'AI DIT, C'ÉTAIT DE LA COMÉDIE.
DE LA COMÉDIE ?!
OUI.
COMME ON DIT : SI TU VEUX DUPER TON ENNEMI, COMMENCE PAR DUPER TES AMIS.
JE ME SUIS BIEN AMUSÉ, AUJOURD'HUI.
SALUT !

TON PETIT JEU ...
... VA TROP LOIN.
PAS TROP TÔT.

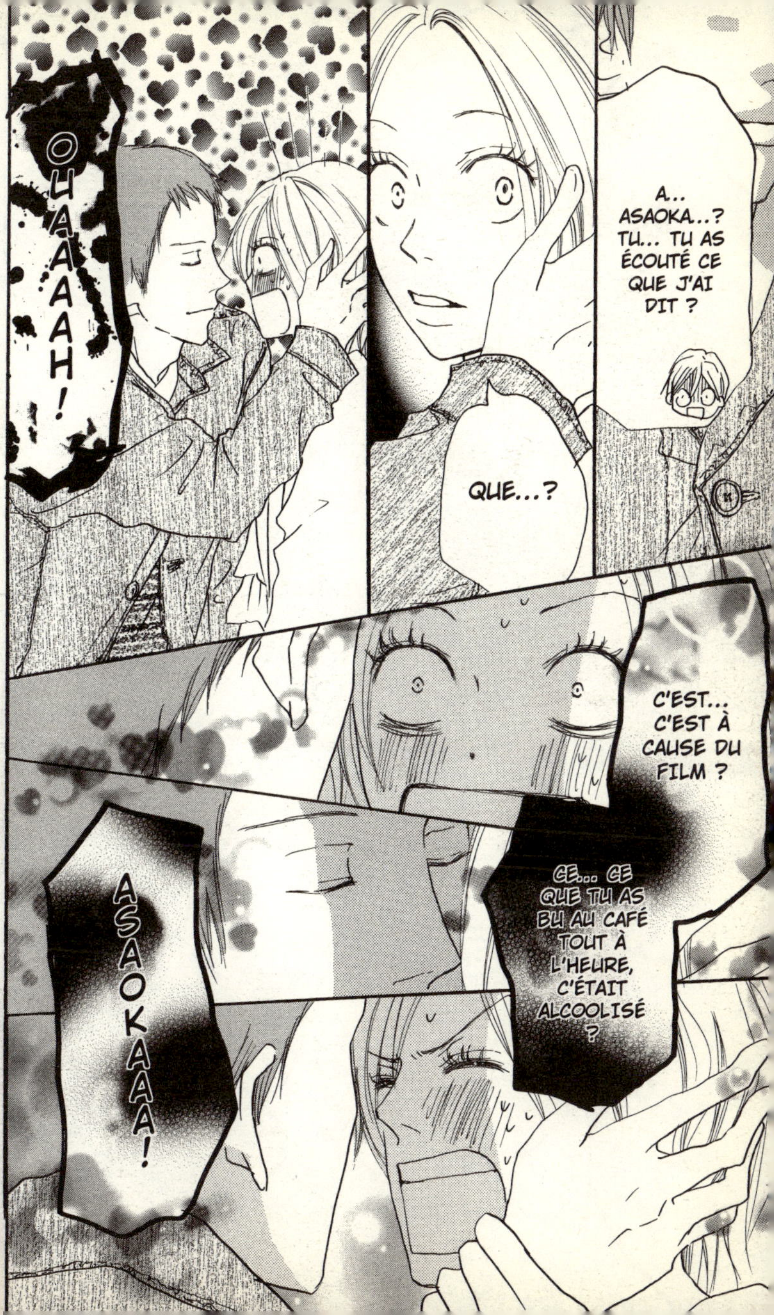

A... ASAOKA...? TU... TU AS ÉCOUTÉ CE QUE J'AI DIT ?
QUE...?
OUAAAAAH!
C'EST... C'EST À CAUSE DU FILM ?
CE... CE QUE TU AS BU AU CAFÉ TOUT À L'HEURE, C'ÉTAIT ALCOOLISÉ ?
ASAOKAAA!

TOUTES MES EXCUSES, MAIS JE NE PEUX PAS !
MON CŒUR EST À YO.
TOUT ENTIER.
IL N'Y A PAS DE PLACE POUR UN NUMÉRO DEUX !
C'EST CE GENRE DE RÉPLIQUES QUI FONT TOUT TON CHARME.

TU ME TROUVES "BIEN SOUS TOUS RAP-PORTS". C'EST TOI-MÊME QUI L'AS DIT !
JE ME CONTENTERAI D'UNE PLACE DE NUMÉRO DEUX.
SORTIR AVEC DEUX GARÇONS EN MÊME TEMPS...
JE N'Y AVAIS JAMAIS PENSÉ.
NUMÉRO UN... NUMÉRO DEUX...
INTERCHAN-GEABLES EN FONCTION DES UTILISA-TIONS...

... TU N'AS QU'À...
... SORTIR AVEC NOUS DEUX EN MÊME TEMPS !
JE SERAI DISCRET. YO N'EN SAURA RIEN.
TOUTES LES FILLES ONT UN JOUR OU L'AUTRE DEUX COPAINS EN MÊME TEMPS.
HEIN ? C'EST VRAI ?!
TU POURRAIS NOUS INTERCHANGER EN FONCTION DES UTILISATIONS. COMME LES VÊTEMENTS.
EN TEMPS NORMAL : YO. QUAND TU AS BESOIN D'UN PEU DE TENDRESSE : MOI.

C'EST LUI QUE J'AIME.
BON. DANS CE CAS...

PARDON !
CE QUE TU VIENS DE DIRE ME VA DROIT AU CŒUR, MAIS...
JE NE PEUX PAS RÉPONDRE À TES SENTI-MENTS.
POURQUOI ? YO EST COLÉRIQUE, FIER ET CASSANT.
MOI, JE SUIS TOUT LE CONTRAI-RE.
JE SAIS... MAIS C'EST QUAND MÊME LUI QUE J'AIME !

TU EN FAIS, UNE TÊTE ! ON DIRAIT QU'ON VIENT DE TE FAIRE TA PREMIÈRE DÉCLARATION D'AMOUR.
HÉ HÉ
FLAP
FLAP
PA ...

IL... IL M'AIME ?
LOVE ?
L'AMOUR... LE VRAI ?
A... ASAOKA... M'AIME ...?!!
CE GARÇON FORMIDABLE QUI SE TIENT ASSIS LÀ, À QUELQUES CENTIMÈTRES...
IL M'AIME... D'AMOUR ?
... EST AMOUREUX DE MOI ?

JE T'AIME, HARUNA.

HEIN...?
LA VÉRITABLE RAISON POUR LAQUELLE JE T'AI DEMANDÉ DE ME VOIR AUJOURD'HUI...
... C'EST QUE JE VOULAIS PASSER DU TEMPS SEUL AVEC TOI.
QUE ... QUOI ?!
C'EST... C'EST DE LA COMÉDIE... N'EST-CE PAS ?
POU... POUR OBLIGER YO À SE MONTRER... N'EST-CE PAS ?
YO ? IL N'EST PAS LÀ.
DEPUIS LE DÉBUT. JE LUI AI INDIQUÉ...
... UN FAUX LIEU DE RENDEZ-VOUS.
HEEEEIN ?!
MAIS... POURQUOI ?
IL FAUT VRAIMENT TOUT T'EXPLIQUER.

TU CROIS VRAIMENT QUE J'AURAIS FAIT TOUT ÇA, SI C'ÉTAIT DÉSINTÉRESSÉ ?

DIS, HARUNA ...
... QU'EST-CE QUE TU PENSES DE MOI ?
TU ES UN GARÇON EXTRA !
MERCI. ÇA FAIT PLAISIR.
QUAND C'EST TOI QUI ME LE DIS, JE NE SAIS PAS POURQUOI, MAIS J'AI PRESQUE ENVIE D'Y CROIRE.
QUAND TU DIS "UN GARÇON EXTRA" ...
... ÇA VEUT DIRE QUE TU ME CONSIDÈRES COMME QUELQU'UN DE BIEN SOUS TOUS RAPPORTS. C'EST ÇA ?
EUH ...
OUI. C'EST ÇA.
Pourquoi ?
JE NE SUIS PAS SI BIEN QUE ÇA, EN RÉALITÉ.
PARDON ?

IL EST TEMPS QU'ON FASSE SORTIR YO DE SA CACHETTE.
OUAH... IL N'Y A VRAIMENT PER-SONNE !
Je n'aurais jamais imaginé un endroit comme ça.
N'EST-CE PAS ?
ALLEZ, ASSIEDS-TOI.
OK.
ASAOKA... POUR ÊTRE FRANCHE, PEN-DANT TOUTE CETTE JOURNÉE, JE N'AI PAS EU L'IMPRESSION QUE YO NOUS SUIVAIT.
TU ES SÛR QU'IL EST LÀ ?
OUI.

IL FAUT QUE TU AIES PLUS CONFIANCE EN TOI, HARUNA.
TU ES UNE CHOUETTE FILLE.
NOUS QUI COMPTIONS DISCUTER DU FILM ...
... FINALEMENT, ON N'A PARLÉ QUE DE YO.
C'EST VRAI...
IL COMMENCE ...
... À FAIRE TRÈS SOMBRE.
ALLONS DANS UN ENDROIT TRANQUILLE.
UN... ENDROIT TRANQUILLE ?
OUI.

ON PEUT DIRE QU'IL N'EST PAS TENDRE AVEC TOI.
MOI, JE NE DIRAIS JAMAIS DES CHOSES PAREIL-LES.
C'EST VRAI QU'EN Y PENSANT... CE N'EST PAS TRÈS GENTIL.
BIZAR-REMENT, ÇA NE ME BLESSE PAS LE MOINS DU MONDE.
C'EST PARCE QUE DERRIÈRE CETTE APPA-RENTE MÉCHANCETÉ, IL Y A DE L'AMOUR.
OU... OUI.
ÇA DOIT ÊTRE ÇA.
RESTE QU'IL EXAGÈ-RE. DIRE À SA PETITE AMIE QU'ELLE EST "IDIOTE", OU QU'ELLE NE "COMPREND JAMAIS RIEN", ÇA NE SE FAIT PAS.
UNE AUTRE QUE TOI L'AURAIT PLAQUÉ DEPUIS LONG-TEMPS !
TU CROIS ?
J'EN SUIS SÛR.

TU ES VRAIMENT QUELQU'UN DE BIEN...
QU'EST-CE QUE TU FAIS POUR LES GLACES ? TU PRENDS LES DEUX ?
OUI. LES DEUX.
OUAH ! C'EST DÉLICIEUX !
CELLE-CI AUSSI ! SUCCULENTE !
DIS DONC, ÇA A L'AIR BON.
TU FAIS PLAISIR À VOIR.
À MA PLACE, YO AURAIT DIT "COMMENT EST-CE QUE TU PEUX EN ENGLOUTIR DEUX ?!"
HA HA ! OUI ! JE L'ENTENDS PRESQUE !
"RIEN QU'À TE REGARDER, J'EN AI MAL AU BIDE."
PETITE IMITATION IMPROVISÉE.
C'ÉTAIT TRÈS RESSEMBLANT !
"AH, BON. SI TU LE DIS".
RE-IMITATION.
HA HA HA
HA HAHA
C'EST TOUT À FAIT LUI !
HA HA HA

OOOH ! QUEL MENU !
J'HÉSITE ENTRE L'ŒILLET AU CHOCOLAT ET LE SUNDAE À LA FRAISE...
TU N'AS QU'À PRENDRE LES DEUX !
TU EN LAISSERAS SI ÇA FAIT TROP.
C'EST MOI QUI RÉGALE. JE VIENS DE RECEVOIR MA PAIE.
MERCI, MAIS... JE... JE NE PEUX PAS ACCEPTER ÇA !
NE T'EN FAIS PAS. ET PUIS C'EST NORMAL QUE CE SOIT LE GARÇON QUI PAIE, DANS UN RENDEZ-VOUS.
ASAOKA...
POURQUOI EST-CE QUE TU ES SI GENTIL AVEC MOI ?
EH, BIEN... TOUT SIMPLEMENT...
... PARCE QUE ÇA NE PEUT QUE RENFORCER NOTRE AMITIÉ.

DEUX PLACES AU TARIF ÉTUDIANT, S'IL VOUS PLAÎT.
-END-
BON.
QU'EST-CE QU'ON FAIT, MAINTE-NANT ? ON VA BOIRE QUELQUE CHOSE ? ON POURRA DIS-CUTER DU FILM.
IL Y A UN CAFÉ OÙ J'AIME-RAIS BIEN ALLER. JE N'Y SUIS ENCORE JAMAIS ENTRÉ PARCE QUE CE N'EST PAS VRAI-MENT UN ENDROIT POUR GAR-ÇONS SEULS.
TU VEUX BIEN QU'ON Y AILLE ENSEM-BLE ?
EUH... OUI !
BIEN SÛR.
OUAAAH ! C'EST SUPER, ICI !
ÇA TE PLAÎT ?
OUI, BEAU-COUP !
TANT MIEUX.

MAIS …
… SI JE LUI AVAIS DIT QUE JE VOULAIS ABSOLUMENT VOIR LE FILM, IL SE SERAIT FORCÉ À Y ALLER, ET SERAIT RESTÉ JUSQU'À LA FIN.
EN RÂLANT.
HA HA HA HA HA
OH, QUE OUI !
HA HA
PAT PAT
NE T'IN-QUIÈTE PAS. AVANT LA FIN DE LA JOUR-NÉE, IL VIENDRA S'EXCUSER.
TU PEUX ME FAIRE CONFIANCE.

* PLUS ENCORE QUE, LE FILM QUI VA DONNE ENVIE DE S'EMBRASSER.

** "ON NE PEUT PAS SORTIR DE CE FILM SANS AVOIR ENVIE DE S'EMBRASSER." - TAKO TIMES
"J'EN AI EU LES LÈVRES QUI ME DÉMANGEAIENT." - OSKO, CRITIQUE DE CINÉMA
"UN REGARD NOVATEUR SUR LE BAISER." - LE MAGAZINE DU CLUB DES BISOUS

ME VOILÀ. JE SUIS VENUE ...
HÉ HÉ
... MÊME SI JE NE SAIS PAS TROP POURQUOI.
WUSH
QUE ... QU'EST-CE QUE TU FAIS ?!
CHUT !
YO EST EN TRAIN DE NOUS ÉPIER.
ALORS ? PRÊTE À LE RENDRE JALOUX ?

PLUS ÇA VA, ET PLUS ÇA DEVIENT N'IMPORTE QUOI !
IL FAUT QUE TU METTES UN FREIN À CETTE FOLIE, YO !
CE N'EST PAS LE MOMENT DE T'ACCRO-CHER À TA FIERTÉ !
JE NE M'AC-CROCHE À RIEN DU TOUT !

OH, QUE SI !
MAIS ...
JE VEUX VOIR ÇA !
JE TE LAISSE RÉFLÉCHIR. JE TE RECONTACTE PLUS TARD.
HEIN ?
ASAOKAAA !
Il n'est plus là...
ASAOKAAA !
JE T'EN PRIE, VA TE RÉCONCILIER AVEC ELLE !
JE NE SUPPORTE PAS DE VOUS VOIR COMME ÇA.
...
YO ...
... J'AI PARLÉ À HARUNA. ELLE EST D'ACCORD POUR QUE JE L'INVITE À SORTIR.
QUOIIII ?!
HARUNA ? D'ACCORD ?!
JE LUI AI DONNÉ RENDEZ-VOUS À LA GARE DEMAIN À ONZE HEURES.
J'AI HÂTE.

ET FORÇONS-LE À S'EXCUSER.
MAIS... COMMENT ?
TOI ET MOI ALLONS PASSER UNE JOURNÉE...
... EN TÊTE-À-TÊTE.
YO SERA TELLEMENT INQUIET QU'IL VIENDRA NOUS ÉPIER.
HEIN ?
MAIS... JE NE PEUX PAS FAIRE ÇA ! CE SERAIT COMME LUI MENTIR !
C'EST POUR LA BONNE CAUSE. C'EST LUI QUI EST À BLÂMER, PAS TOI.
ET PUIS... J'AI BIEN ENVIE DE VOIR CE QUE ÇA DONNE ...
... QUAND LA JALOUSIE LUI FAIT PERDRE LE CONTRÔLE. PAS TOI ?
YO QUI PERD LE CONTRÔLE...
... DE JALOUSIE... POUR MOI ?
Ne touche pas à ma Haruna !
Aucun garçon n'a le droit de s'approcher d'elle à part moi !

JALOUX ?
PENDANT LA JOURNÉE AU FESTIVAL, TOI ET MOI AVONS PASSÉ UN PEU TROP DE TEMPS ENSEMBLE À SON GOÛT.
HEIN ?
YO ? JE N'AURAIS JAMAIS CRU ÇA DE LUI !
À L'ORIGINE, IL VOULAIT QUE VOUS Y ALLIEZ EN COUPLE, À CE FESTIVAL.
QUOI ?!
IL... IL TIENT DONC À MOI À CE POINT ?
PLUS QUE ÇA, MÊME.
IL REFUSE DE L'ADMETTRE...
... MAIS ...
... NOUS ALLONS FAIRE CHANGER ÇA !
RENDONS-LE VRAIMENT JALOUX.

A...
ASAOKA ?
TON INTONATION... UN INSTANT... J'AI CRU QUE C'ÉTAIT YO !
C'ÉTAIT FAIT EXPRÈS. JE L'IMITAIS.
EST-CE QUE...
EST-CE QUE YO A DIT QUELQUE CHOSE DE SPÉCIAL ?
EST-CE QU'IL A PARLÉ DE VENIR S'EXCUSER, OU QUELQUE CHOSE COMME ÇA ?
NON.
TAAA
MAIS IL LE PENSE. ENFIN, JE CROIS.
C'EST JUSTE QU'IL EST TROP FIER POUR LE DIRE.
D'AUTANT QUE DANS CE CAS PRÉCIS, IL EST EN PLUS JALOUX.

C'EST UN PIÈGE.
YO, PARDONNE-MOI. MES MOTS ONT DÉPASSÉ MA PENSÉE.
Oups !
MES DOIGTS ONT BOUGÉ TOUT SEULS !
UN PEU PLUS ET JE CLI-QUAIS SUR "ENVOYER" ! J'AI FRÔLÉ LA CATAS-TROPHE !
IL EST HORS DE QUESTION QUE JE M'EXCUSE ! PAS CETTE FOIS !
DU MOINS, PAS TANT ...
... QU'IL NE SE SERA PAS EXCU-SÉ.
JE SAIS MIEUX QUE QUI-CONQUE COMBIEN YO...
... EST GENTIL ET ATTEN-TIONNÉ.
CE QUE J'AI DIT, JE L'AI DIT SOUS LE COUP DE L'EMPOR-TEMENT.
"LE BON-HEUR DE TES AMIS, ÇA NE COMPTE PAS POUR TOI ?"
JE NE LE PENSAIS PAS.
HARUNA !
OUI ?

QUE JE TOMBE AMOUREUX D'ELLE NE SERAIT NI ABSURDE, NI ABERRANT.
ALORS ? EST-CE QUE TU ME LA LAISSERAIS ?
...
SI TU CROIS QUE JE VAIS TOMBER DANS LE PIÈGE, TU TE TROMPES.
UN PIÈGE ? MAIS QUEL PIÈGE ?!
SON PETIT SPEECH, LÀ...
... C'EST POUR ME FORCER À ALLER M'EXCUSER.
AH BON ?!

EH, BIEN. VAS-Y. NE TE GÈNE PAS.
COMPTE SUR MOI.
ASAOKA ! PRENDS CES PAPIERS ...
... ET VA LES METTRE DANS MA SALLE.
HEEEEIN ?
HEIN ?
OUI, MONSIEUR.
MA SALLE, C'EST CELLE DE LA SECTION ÉCONOMIE ET SOCIÉTÉ, HEIN. NE TE TROMPE PAS.
OUI, MONSIEUR.
QU'EST-CE QUI SE PASSE ?! JE NE COMPRENDS PLUS RIEN !
YO...
SI JAMAIS ...
... J'ÉTAIS RÉELLEMENT AMOUREUX DE HARUNA, QU'EST-CE QUE TU FERAIS ?
JE COMMENCE À BIEN LA CONNAÎTRE. JE SAIS QU'ELLE A BEAUCOUP DE QUALITÉS.

YO ?!
QU'EST-CE QUI TE PREND ?!
YO !
POURQUOI TU NE L'INVITERAIS PAS À PASSER UNE JOURNÉE EN TÊTE-À-TÊTE AVEC TOI ?
YO ...
L'ATTITUDE REBELLE, QUAND ÇA VA TROP LOIN, C'EST NUL.
JE M'EN FICHE ! JE SUIS NUL SI JE VEUX !
Y... Yo...
AH... BON. DANS CE CAS...
... JE VAIS APPELER HARUNA ET LUI PROPOSER UN RENDEZ-VOUS, ALORS.
HEIN ?
J'AI L'AUTORISATION OFFICIELLE DE SON PETIT AMI.
JE NE VOIS PAS POURQUOI JE ME PRIVERAIS.

YO...
TU AGIS COMME UN ENFANT GÂTÉ.
TU SAIS QUE SI TU LAISSES LA SITUATION POURRIR, C'EST HARUNA QUI FINIRA PAR VENIR S'EXCUSER.
SI C'ÉTAIT TOI QUI FAISAIS LE PREMIER PAS, POUR UNE FOIS ?
CE N'EST PAS PARCE QU'ELLE EST DOCILE DE CARACTÈRE QU'IL FAUT EN ABUSER.
COMME TU ES ATTENTIONNÉ.
TU SAIS QUOI ? C'EST TOI QUI DEVRAIS SORTIR AVEC ELLE.

YO !
YO !
QUE S'EST-IL PASSÉ ?
POUR QUE HARUNA SE METTE DANS UN ÉTAT PAREIL, C'EST FORCÉMENT GRAVE !
QU'EST-CE QUE TU LUI AS DIT ?
OUI, QU'EST-CE QUE TU LUI AS DIT ?
...
ÇA NE VOUS REGARDE PAS.
IL EST HORS DE QUESTION QUE JE M'EXCUSE.

HARUNA...
VOUS VOUS ÊTES VRAIMENT FÂCHÉS ?
QU'EST-CE QUI S'EST PASSÉ ?
ÇA NE SERAIT PAS ARRIVÉ SI VOUS M'AVIEZ INVITÉE !
...
"C'EST PEUT-ÊTRE AVEC ASAOKA QUE TU AURAIS DÛ SORTIR."
TOUT EST DE LA FAUTE DE YO !
QU'EST-CE QU'IL CROIT ? QUE MON AMOUR EST INTERCHANGEABLE ?
IL EST HORS DE QUESTION QUE JE M'EXCUSE !
COMMENT PEUT-IL SIMPLEMENT ÉMETTRE L'HYPOTHÈSE QUE J'AURAIS PU EN AIMER UN AUTRE ?!
HARUNA...

HÉ !
QU'EST-CE QUI VOUS ARRIVE ?
VOUS ÊTES FÂCHÉS ?
NOON... PAS... PAS VOUS ?!
... C'EST IMPOSSIBLE !
KRAAAAA
YO !
OÙ TU VAS ?
YO !
YOOO !

MAMI M'A DIT...
... QUE VOUS L'AVIEZ EMMENÉE AU FESTIVAL DE LA NEIGE, ET ASAOKA AUSSI.
POURQUOI JE N'AI PAS ÉTÉ INVITÉE, MOI ?

IL EST HORS DE QUESTION QUE JE M'EXCUSE !
J'AI UN MAUVAIS PRESSENTIMENT.
HEIN ?

YO !
YO !
JE T'AIME !
QUAND JE LUI AI DIT "C'EST PEUT-ÊTRE AVEC ASAOKA QUE TU AURAIS DÛ SORTIR" ...
... J'AI PEUT-ÊTRE ÉTÉ UN PEU TROP LOIN.
MAIS ...
IL N'AVAIT PAS LE DROIT DE ME DIRE "C'EST PEUT-ÊTRE AVEC ASAOKA QUE TU AURAIS DÛ SORTIR" !
ELLE N'AVAIT PAS LE DROIT DE ME DIRE "LE BONHEUR DE TES AMIS, ÇA NE COMPTE PAS POUR TOI ?"

NON MAIS QU'EST-CE QUI LUI A PRIS ?
SI C'EST POUR FINIR BLESSÉ, ÇA NE VAUT PAS LE COUP.
QUAND JE LUI AI DEMANDÉ "LE BONHEUR DE TES AMIS, ÇA NE COMPTE PAS POUR TOI ?"... J'AI PEUT-ÊTRE ÉTÉ UN PEU TROP LOIN.
MES AMIS, CE SONT TOUS DES GENS BIENS.
IL N'AVAIT PAS LE DROIT DE DIRE ÇA !

LE BONHEUR DE TES AMIS, ÇA NE COMPTE PAS POUR TOI ?
EN FAIT, C'EST PEUT-ÊTRE AVEC ASAOKA QUE TU AURAIS DÛ SORTIR.
!!
JE... JE RENTRE TOUTE SEULE.
OUAIS.

HARUNA... LAISSONS TOMBER, TU VEUX ?
HEIN ? POURQUOI ?
J'AI ENVIE DE LES AIDER !
ILS LE MÉRITENT ! MAMI EST UNE FILLE SUPER, ET ASAOKA...
JE M'EN FICHE.
TU...
... T'EN FICHES ?!
ASAOKA, ASAOKA... TU N'AS PLUS QUE CE NOM À LA BOUCHE.

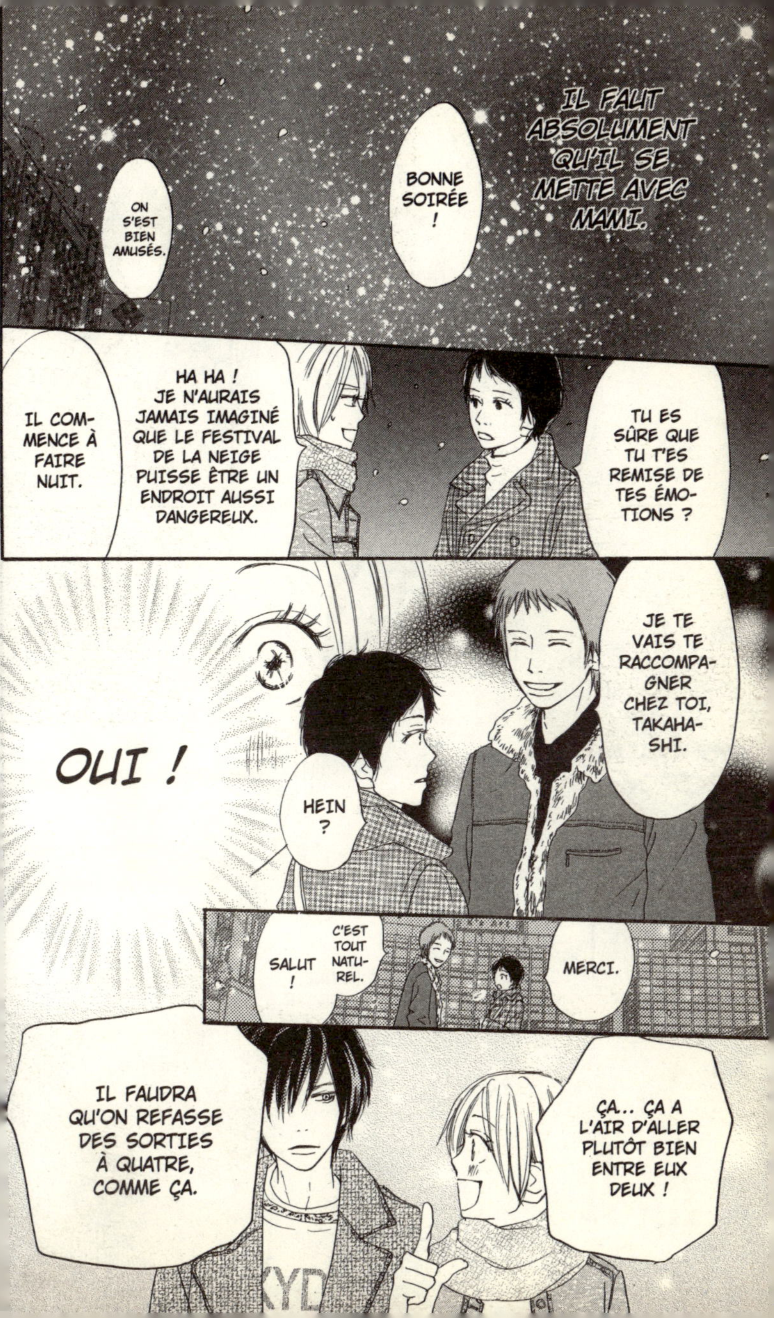
IL FAUT ABSOLUMENT QU'IL SE METTE AVEC MAMI.
BONNE SOIRÉE !
ON S'EST BIEN AMUSÉS.
TU ES SÛRE QUE TU T'ES REMISE DE TES ÉMOTIONS ?
HA HA ! JE N'AURAIS JAMAIS IMAGINÉ QUE LE FESTIVAL DE LA NEIGE PUISSE ÊTRE UN ENDROIT AUSSI DANGEREUX.
IL COMMENCE À FAIRE NUIT.
JE TE VAIS TE RACCOMPAGNER CHEZ TOI, TAKAHASHI.
HEIN ?
OUI !
MERCI.
C'EST TOUT NATUREL.
SALUT !
ÇA... ÇA A L'AIR D'ALLER PLUTÔT BIEN ENTRE EUX DEUX !
IL FAUDRA QU'ON REFASSE DES SORTIES À QUATRE, COMME ÇA.

ÇA NE MARCHE PAS COMME JE L'ESPÉRAIS.
...
MAIS ...
... J'AI LA CONFIRMATION DE CE QUE JE PENSAIS : ASAOKA EST SUPER.
IL EST GENTIL, GÉNÉREUX, INTELLIGENT, ET ON PEUT COMPTER SUR LUI.
YO AVAIT RAISON.
POUR UNE FILLE, SORTIR AVEC LUI, C'EST LE BONHEUR ASSURÉ !
ÇA VA MIEUX ?
ON VA VOIR LES AUTRES SCULPTURES ?
OUI !

* SORTIE
AH !
ON S'EST RETROUVÉS DANS UNE PIÈCE AVEC DES GROS INSECTES. ELLE N'A PAS TENU LE CHOC.
JE TE LA LAISSE. ELLE EST UN PEU DANS LES VAPES.
JE NE SAVAIS PAS QU'ELLE AVAIT CE GENRE DE POINTS FAIBLES.
Y... YO !

AAAAAAH !
OH NON ! ÇA S'APPROCHE ! C'EST IMMONDE !
JE... JE N'EN PEUX PLUS !
CALME-TOI, HARUNA.
TOUT VA BIEN.
...
PRENDS MA MAIN.
SORTONS D'ICI.
ET EN PLUS, ON PEUT COMPTER SUR LUI !

* CHAMBRE AUX MONSTRES

L'INTÉRIEUR EST UN LABYRINTHE.
IL EST COMPOSÉ DE PLUSIEURS PIÈCES.
SAUREZ-VOUS TROUVER LA "CHAMBRE DU ROI" ?
SUPER ! UN JEU !
INCROYABLE ! TOUT EST EN NEIGE !
OH ! UN PASSAGE SECRET !
VOUS AVEZ VU ? IL Y A MÊME DES SYMBOLES GRAVÉS SUR LES MURS !
VITE ! AVANÇONS !
COMME C'EST BEAU ! QU'EST-CE QU'ON S'AMUSE !
GULP
NON ! JE NE DOIS PAS ME LAISSER EMPORTER PAR L'ENTHOUSIASME !
JE NE SUIS PAS LÀ POUR M'AMUSER, MAIS POUR METTRE ASAOKA ET MAMI ENSEMBLE !
A... ASAOKA !
PAR ICI, C'EST SANS ISSUE.
MAIS ...?!
OÙ SONT YO ET MAMI ?
JE CROIS QU'ON LES A PERDUS.
ON LES RETROUVERA À LA SORTIE.
OUI... TU AS RAISON.

C'EST REMPLI DE NEIGE. ÇA DEVRAIT TE SOULAGER.
LES BRÛLURES, PLUS ON LES REFROIDIT VITE, PLUS ELLES SE RÉSORBENT FACILEMENT.
QUELLE VIVACITÉ D'ESPRIT !
OUAAAH ! CE N'EST PAS DE LA SCULPTURE, ÇA... C'EST DE L'ARCHITECTURE !
Oooh... Bof...
C'EST GÉNIAL !
Une pyramide !
Elle est gigantesque !

QU'EST-CE QU'IL Y A, YO ? TU ES DE MAUVAISE HUMEUR ?
BOF.
JE SAIS !
TU AS FROID, C'EST ÇA ?
ATTENDS, JE VAIS TE DONNER MON ÉCHARPE...
AÏE !!
C'EST CHAUD ...!
TOUT VA BIEN ? TU NE T'ES PAS BRÛLÉE ?
ÇA VA !
J'AI JUSTE REÇU UNE GOÛTE SUR LE DOIGT.
ATTENDS.
TIENS. UTILISE ÇA.

IL EST GRAND ET ÉLANCÉ...
... IL EST SOURIANT ...
HEIN ?
HEIN ?
... ET EN PLUS, IL A UN JOB !
DIFFICILE DE TROUVER MIEUX !
EUH... OÙ TU VEUX EN VENIR, AU JUSTE ?
Un job ?
HA HA HA ! MERCI, HARUNA. C'EST GENTIL. TOI AUSSI, TU ES SUPER.
ARGH ! VOUS... VOUS ÉTIEZ LÀ ?!
...
IL Y A LA QUEUE POUR LA SCULPTURE PRINCIPALE.
AU MOINS UNE DEMI-HEURE D'ATTENTE.
JE VAIS ALLER NOUS ACHETER QUELQUE CHOSE DE CHAUD À BOIRE.
ÇA NOUS AIDERA À PATIENTER. VOUS VOULEZ QUOI ?
CAFÉ.
CHOCOLAT CHAUD !
UN THÉ AU LAIT POUR MOI.
QUELLE GÉNÉROSITÉ !

HARUNA ME RACONTAIT COMMENT TAKAHASHI L'AVAIT SOUTENUE, AU COLLÈGE, ALORS QU'ELLE TRAVERSAIT UN MOMENT DIFFICILE.
AH BON ?
SOUS LE COUP DE L'ÉMOTION, ELLE S'EST MISE À PLEURER, ALORS JE LUI AI PRÊTÉ MON MOUCHOIR.
TU N'AS PAS DE RAISON DE TE METTRE EN COLÈRE.
JE NE SUIS PAS EN COLÈRE !
OK, OK.
C'EST L'OCCASION RÊVÉE POUR LUI FAIRE UN PETIT SPEECH SUR LES QUALITÉS D'ASAOKA !
OUAH ! QUELLE NEIGE !
JE ME DEMANDE OÙ EST LA SCULPTURE PRINCIPALE.
VIENS, MAMI ! ALLONS CHERCHER UNE BROCHURE.
ASAOKA, C'EST VRAIMENT UN GARÇON SUPER !
HEIN ?
Je peux avoir une brochure s'il vous plaît ?

JE VOUS DÉRANGE ?
YO !
TAP TAP TAP TAP
DÉSOLÉE ! JE SUIS EN RETARD !
MAMI ! TE VOILÀ ! NOUS T'ATTENDIONS !
DÉSOLÉE !
J'AI FAIT AUSSI VITE QUE J'AI PU.
ÇA VA, NE T'EN FAIS PAS.
BON, ALORS ON Y VA ?

ÇA M'AVAIT TELLEMENT ÉMUE, TOUTE CETTE GENTILLESSE.
VENIR ME VOIR COMME ÇA, TOUS LES JOURS... MALGRÉ LA FATIGUE DE SON ENTRAÎNEMENT.
C'EST UNE AMIE TRÈS PRÉCIEUSE POUR TOI.
OH, QUE OUI !
Ça se voit tant que ça ?
C'EST POUR ÇA QUE J'AIMERAIS LA VOIR HEUREUSE !
NE T'EN FAIS PAS POUR ÇA. C'EST QUELQU'UN DE BIEN. LE BONHEUR, JE SUIS SÛR QU'ELLE LE TROUVERA.
SÈCHE DONC CES LARMES.
COMME IL EST GENTIL !!

... ELLE ET MOI NOUS NOUS SOMMES RENCONTRÉES AU COLLÈGE, AU CLUB DE SOFTBALL.
C'ÉTAIT QUELQU'UN DE TRÈS POPULAIRE, TOUT LE MONDE L'APPRÉCIAIT.
AU POINT QUE, LORSQUE NOUS SOMMES ENTRÉES EN DERNIÈRE ANNÉE, ELLE EST PASSÉE CAPITAINE !
AH OUI ?
ET PUIS, EUH ...
AH ! JE SAIS ! UNE FOIS, PENDANT UNE PÉRIODE, J'AI COMPLÈTEMENT PERDU CONFIANCE EN MOI.
JE N'ARRIVAIS PLUS À RIEN. J'ÉTAIS SUR LE POINT DE TOUT LAISSER TOMBER.
Tout ! Tout est mauvais !
Il n'y a rien à sauver.
Au prochain match, tu resteras sur le banc.
Tout est fini pour moi...
HEUREUSEMENT, MAMI A ÉTÉ LÀ POUR MOI. ELLE EST VENUE CHEZ MOI TOUS LES JOURS POUR M'ENCOURAGER ET ME REMONTER LE MORAL.
DE TOUTES LES LANCEUSES DE L'ÉQUIPE, CE SONT TES BALLES QUE JE PRÉFÈRE.
J'AI HÂTE QUE TU REVIENNES.

QUE FAIRE ...?
JE NE PEUX PAS LAISSER CE PAUVRE ASAOKA ATTENDRE TOUT SEUL...
JE SAIS ! JE VAIS EN PROFITER POUR LUI VANTER UN PEU LES QUALITÉS DE MAMI !
EN AVANT !
ASAOKA !
TIENS, SALUT ! TOUT LE MONDE EST EN RETARD, CE MATIN.
OU... OUI. EFFECTIVEMENT.
MAMI DOIT ARRIVER, MAIS ELLE M'A PRÉVENUE...
... QU'ELLE AURAIT UN PEU DE RETARD. SON TRAIN EST BLOQUÉ.
AH BON. JE VOIS.
VOYONS VOIR... LES QUALITÉS DE MAMI... LES QUALITÉS DE MAMI...
EN PARLANT DE MAMI ...

LUSH
HÉ HÉ ! ON A DONNÉ RENDEZ-VOUS À ASAOKA ET MAMI TRENTE MINUTES AVANT LA VRAIE HEURE !
HISTOIRE QU'ILS PUISSENT DÉJÀ COMMENCER À DISCUTER.
BRRRR
HM ?
DÉSOLÉE, J'AURAI UN PEU DE RETARD. MA LIGNE DE TRAIN EST BLOQUÉE PAR LA NEIGE. IL FAUT QUE JE FINISSE LE TRAJET EN BUS. À TOUT À L'HEURE.
QUOIIIII ?!

LE FESTIVAL DE LA NEIGE ?
MAIS... POURQUOI ?
JE CROYAIS QUE HARUNA ET TOI DEVIEZ Y ALLER JUSTE TOUS LES DEUX ?
APPAREMMENT, ELLE TIENT VRAIMENT À TE COLLER AVEC TAKAHASHI.
POURQUOI TU NE LUI AS PAS DIT QUE TU VOULAIS Y ALLER EN TÊTE-À-TÊTE ?
BOF.
TU SAIS, MOI, C'ÉTAIT PLUS POUR HARUNA QUE JE DISAIS ÇA, HEIN. PERSONNELLEMENT, QU'ON SOIT DEUX, QUATRE OU DIX, JE M'EN FICHE.
ENTENDU. ON SE DONNE RENDEZ-VOUS À QUELLE HEURE ?

LE FESTIVAL DE LA NEIGE ?
OUI.
C'EST UNE BONNE IDÉE.
ASSA SERA LÀ AUSSI, J'IMAGINE ?
NON.
JUSTE YO, TOI, ASAOKA ET MOI.
HARUNA...
OUI ?
NE ME DIS PAS QUE TU AS QUELQUE CHOSE DERRIÈRE LA TÊTE ?
MOI ? NOOOOON !
Qu'est-ce que tu vas chercher là ?
ON SE DONNE RENDEZ-VOUS OÙ, QUAND, ET À QUELLE HEURE ?

DIMANCHE PROCHAIN, ON N'A QU'À...
... LEUR PROPOSER DE VENIR AVEC NOUS !
SUR PLACE, IL NOUS SUFFIRA DE LES LAISSER AU MAXIMUM SEULS TOUS LES DEUX POUR QU'ILS DISCUTENT TRANQUILLEMENT !
ÇA DEVRAIT SUFFIRE À CE QU'ILS TOMBENT AMOUREUX.
...
MAMI EST JOLIE ...
... ASAOKA EST MIGNON ...
... ET CE SONT TOUS LES DEUX DES GENS BIEN !
SI TU VEUX.

C'EST VRAI ?
IL LA TROUVE JOLIE ET IL PENSE QUE C'EST UNE FILLE BIEN ?
MAIS ALORS... IL A UNE EXCEL-LENTE IMAGE D'ELLE !
IL A AUSSI DIT "JE N'Y AI JAMAIS RÉFLÉCHI".
HUM... CE QUI VEUT DIRE ...
... QU'ON A D'UN CÔTÉ UNE FILLE QUI "NE SAIT PAS TROP" ET QU'ON VA DEVOIR AIDER À SAVOIR, ET DE L'AUTRE, UN GAR-ÇON QUI "N'Y A JAMAIS RÉFLÉCHI" ET QU'ON VA DEVOIR AIDER À RÉFLÉCHIR. MAINTENANT, LA QUESTION EST : COMMENT EST-CE QU'ON VA S'Y PRENDRE ?
IL FAU-DRAIT COMMEN-CER PAR LES METTRE PLUS SOUVENT EN PRÉ-SENCE L'UN DE L'AUTRE.
C'EST VRAI. POUR LE MOMENT, ILS NE SE VOIENT QUASIMENT QU'À LA CANTINE.
ET JE NE ME RAPPELLE PAS LES AVOIR VUS BEAUCOUP DISCUTER.
JE SAIS !
LE FES-TIVAL DE LA NEIGE !

ALLEZ, ARRÊTE DE JOUER LES DURS.
TU ES LE PREMIER À FONDRE. ELLE T'EST SI CHÈRE QUE TU NE PEUX PAS LA LAISSER. AVOUE.
TU VEUX ME FAIRE VOMIR OU QUOI ?
NON.
J'ESSAIE JUSTE DE TE FAIRE DIRE CE QUE TU T'OBSTINES À NE PAS DIRE.
PEUH ! D'ABORD, C'EST TOI QUI LE DIS TROP !
TU LE DIS TROP... MAIS JE SUIS SÛR...
... QUE SI TU AVAIS UNE COPINE, TU LA RENDRAIS HEUREUSE.
MERCI. C'EST SYMPA. MAIS TOI AUSSI...
... TU POURRAIS : SI TU ACCEPTAIS DE DIRE DES CHOSES GENTILLES UN PEU PLUS SOUVENT.
ARRÊTE AVEC ÇA !
HA HA HA HA !

TU CHERCHES UNE COPINE ?
TU EN AS UNE EN CE MOMENT ?
C'EST QUOI TON GENRE DE FILLE ?
JE N'AI PAS DE PRÉFÉRENCES. PAS DE COPINE NON PLUS.
MAIS JE NE DIRAIS PAS NON.
POURQUOI TU VEUX SAVOIR TOUT ÇA ?
TU PENSES QUOI DE TAKAHASHI ?
TAKAHASHI ?
JE N'Y AVAIS JAMAIS RÉFLÉCHI.
ELLE EST MIGNONNE. ET C'EST UNE FILLE BIEN.
MAIS JE N'AI PAS L'IMPRESSION QUE JE L'INTÉRESSE PARTICULIÈREMENT.
HARUNA VEUT VOUS COLLER ENSEMBLE, ELLE ET TOI.
AH, TOUT S'EXPLIQUE !
SACRÉE HARUNA ! ELLE EST TROP !
HI HI
TU PARLES !

JE PEUX BIEN FAIRE ÇA POUR TOI.
YO...
JE SUIS HEUREUSE.
ET CE BONHEUR...
... C'EST À MAMI QUE JE LE DOIS !
JE VEUX LUI RENDRE LA PAREILLE AU PLUS VITE !
YO !
DEMANDE-LUI AUSSI QUEL EST SON GENRE DE FILLE !
...
ET S'IL CHERCHE UNE COPINE EN CE MOMENT !

MERCI !
DONK DANK
DONK DANK
C'EST BIEN COMPRIS : JE LUI POSE TES QUESTIONS, ET APRÈS, C'EST FINI !
AH ...
AU FAIT ...
AVEC TES HISTOIRES, J'AI FAILLI OUBLIER DE TE DEMANDER.
ÇA TE DIRAIT D'ALLER AU FESTIVAL DE LA NEIGE DIMANCHE ?
OUI ! AVEC PLAISIR !
J'ADORE CE GENRE D'ÉVÉNEMENTS !
AH BON.
ALORS, ALLONS-Y.
MAIS ...
YO ! LE FESTIVAL DE LA NEIGE, ÇA SE PASSE DEHORS !
IL VA Y FAIRE SUPER FROID !
JE FERAI UN EFFORT.

A PRIORI, IL EST CÉLIBATAIRE.
C'EST VRAI ?
EN TOUT CAS, IL L'ÉTAIT À NOËL. ÇA C'EST CERTAIN.
TU POURRAIS ESSAYER DE SAVOIR SI C'EST TOUJOURS LE CAS ?
HMM ... ASAOKA...
EN PASSANT, ESSAIE AUSSI DE SAVOIR CE QU'IL PENSE DE MAMI !
Il a un petit air de Brad Pitt, tu ne trouves pas ?
Pas du tout.
POURQUOI JE DEVRAIS FAIRE ÇA ?
OH... TU REFUSES ...
OK, OK. D'ACCORD POUR T'AIDER.
MAIS UNE FOIS SEULEMENT.
APRÈS, TU TE DÉBROUILLES !

JE N'AI PAS L'IMPRESSION QUE ÇA LA TOURMENTE BEAUCOUP, EN TOUT CAS.
C'EST CE QU'ELLE M'A RÉPONDU, ELLE AUSSI !
ELLE M'A DIT QUE J'AVAIS DÉJÀ SUFFISAMMENT À FAIRE AVEC MON PROPRE BONHEUR.
ET... TU NE CROIS PAS QUE C'EST UNE FAÇON DÉTOURNÉE DE TE DIRE : "N'ESSAIE SURTOUT PAS DE FAIRE QUELQUE CHOSE POUR MOI, JE T'EN PRIE" ?
DE TOUTE FAÇON, JE NE SUIS PAS DOUÉ POUR CE GENRE DE PLANS.
MOI NON PLUS !
...
ALORS, ON FERAIT MIEUX DE LAISSER TOMBER, TU NE CROIS PAS ?
JE SAIS ...
MAIS ...
... JE ME SENS COUPABLE...
... D'ÊTRE LA SEULE À NAGER DANS LE BONHEUR.
TAKAHASHI N'A PAS BESOIN DE NOUS POUR SE TROUVER UN COPAIN.
TAKAHASHI COMPTE BEAUCOUP POUR TOI.

TU VEUX METTRE ENSEMBLE ASAOKA ET TAKAHASHI ?
OUI !
MOI QUI ME DEMANDAIS CE QUE TU AVAIS DE SI URGENT À ME DIRE ...
POURQUOI TU VEUX FAIRE ÇA ?
TAKAHASHI EST AMOUREUSE D'ASAOKA ?
NON.
ZIP
ZIP
ELLE SE CHERCHE UN PETIT AMI ?
NON PLUS.
ZIP
ZIP
ALORS IL N'Y A PAS DE RAISON DE LES POUSSER DANS LES BRAS L'UN DE L'AUTRE.
Qu'est-ce qui t'a mis cette idée en tête ?
C'EST QUE... QUAND ON SORT TOUS ENSEMBLE, JE ME DEMANDE SI ON NE LA MET PAS UN PEU MAL À L'AISE.

JE NE SAIS PAS TROP...
AH... BON...
HARUNA...
NE ME DIS PAS QUE TU T'EN FAIS POUR CE QUE DISAIT MATSUZAKA HIER ?
PARCE QUE SI C'EST LE CAS, JE SUIS SÉRIEUSE QUAND JE DIS QUE JE NE ME SENS PAS MAL À L'AISE.
NE TE PRÉ-OCCUPE PAS DE MOI. TU AS ASSEZ À FAIRE AVEC TON PROPRE BONHEUR.
MAMI...
OK ?
CETTE FILLE ...
... EST FORMIDABLE.
HARU-NA ?
AUCUN DOUTE : ASAOKA NE PEUT PAS RESTER INDIFFÉRENT !

MAMI !
DIS, MAMI... C'EST QUOI, TON GENRE DE GARÇON ?
CHEZ LES CÉLÉBRITÉS, PAR EXEMPLE, QUI TU AIMES BIEN ?
HEIN ?
J'AIME BIEN LES GARÇONS QUI ONT UNE CERTAINE AURA.
HUM ... UNE AURA ...
OUI... IL EN A. ON PEUT DIFFICILEMENT DIRE LE CONTRAIRE.
CHEZ LES CÉLÉBRITÉS...
JUSQU'À RÉCEMMENT, J'AIMAIS BIEN BRAD PITT.
BRAD PITT ! JE VOIS !
DIS ...
... QU'EST-CE QUE TU PENSES D'ASAOKA ?
ASAOKA ?

BON SANG ! MAIS C'EST BIEN SÛR ! ASAOKA !
C'EST LUI QU'IL FAUT POUR MAMI !
ILS IRAIENT SUPER BIEN ENSEMBLE !
"ASAOKA, POUR UNE FILLE, CE DOIT ÊTRE LE BONHEUR DE SORTIR AVEC TOI."
SI C'EST YO QUI LE DIT, C'EST QUE C'EST VRAI !
IL POURRAIT RENDRE MAMI HEU-REUSE !
TIENS ?
J'AI CRU VOIR HARUNA.
AH BON ?
NON... J'AI DÛ RÊVER.

JE VAIS DEMANDER SON AVIS À YO...
TAP TAP TAP TAP TAP
YO ...
AH
ASAOKA ... POUR UNE FILLE ...
... ÇA DOIT ÊTRE LE BONHEUR, DE SOR-TIR AVEC TOI.
?!
Moi, je ne pourrais pas.
Qu'est-ce que tu racontes ? Bien sûr que si !
C'est juste que tu ne veux pas faire l'ef-fort.
ASAOKA, POUR UNE FILLE, ÇA DOIT ÊTRE LE BONHEUR, DE SORTIR AVEC TOI.

AH, L'AMOUR ...
ARRÊTEZ AVEC ÇA !
Vous êtes agaçants, à force.
POURQUOI ? TU ES POURTANT SACRÉMENT AMOUREUX !
Pas de doute là-dessus !
SUFFIT ! J'ESSAIE JUSTE DE ME COMPORTER EN GENTLEMAN. RIEN DE PLUS.
ALLEZ, ADMETS-LE.
DANS TA TÊTE, JE SUIS SÛR QUE TU N'ARRÊTES PAS DE TE RÉPÉTER : "ELLE EST MIGNONNE", "JE L'AIME"... ALORS POURQUOI TU NE LE DIS PAS ?
NON ! JE NE LE PENSE PAS. JE NE LE DIS PAS. JAMAIS.
TU NE LE DIS JAMAIS ?! LA PAUVRE !
EUH ...
PAS "JAMAIS" ...
ÇA M'ARRIVE. MAIS...
IL LE DIT !
OH ! ÇA VA !
MAIS TU SAIS, YO, C'EST TOUS LES JOURS QU'IL FAUT LE LUI DIRE.
IL N'Y A RIEN QUI LUI FERAIT PLUS PLAISIR.
...

QU'EST-CE QUE C'EST QUE CETTE BROCHURE ? TU VEUX TE METTRE À LA SCULPTURE SUR NEIGE ?
NON.
C'EST BIEN CE QUE JE PENSAIS.
C'EST POUR FAIRE UNE SORTIE AVEC HARUNA, ALORS ?
NOTRE PREMIER RENDEZ-VOUS TENAIT PLUS DU PIQUE-NIQUE D'ÉCOLE PRIMAIRE QUE D'AUTRE CHOSE.
NOTRE APRÈS-MIDI À L'AQUARIUM, ASSA ET TOI ÉTIEZ LÀ, FUMI.
NOËL, ÇA A FAILLI MAL TOURNER.
Nous ? Pardon !
Navré.
ET LE VOYAGE À LA MONTAGNE, ON A DÛ L'ANNULER.
IL EST TEMPS QU'ON SE FASSE UNE VRAIE JOURNÉE EN COUPLE, HARUNA ET MOI.

1. FESTIVAL DE LA NEIGE
2. CINQUANTE-DEUXIÈME
3. GRAND CONCOURS DE SCULPTURE SUR NEIGE !

MAL À L'AISE ...?
TU ME MENS, C'EST ÇA ? TU AS PEUR QUE JE TE LE PRENNE ?
PAS DU TOUT ! JE DIS LA VÉRITÉ !
...
JE PARIE QU'IL Y EN A UN QUI TE PLAÎT !
MAIS... NON !
C'EST VRAI ?
JE N'Y AVAIS JAMAIS VRAIMENT RÉFLÉCHI...
ÇA M'AVAIT VAGUEMENT TRAVERSÉ L'ESPRIT À NOËL, MAIS JE N'Y AVAIS PAS REPENSÉ DEPUIS...
MAMI EST LA SEULE À NE PAS AVOIR DE PETIT AMI !
PEUH ! AVEC QUOI JE VAIS ME VENGER, ALORS ?
EUH... TU N'ES PAS OBLIGÉE DE TE VENGER, TU SAIS ?
ABSORBÉE QUE J'ÉTAIS PAR MON PROPRE BONHEUR, J'EN ÉTAIS ARRIVÉE À NE PLUS RIEN VOIR AUTOUR DE MOI.

LE GRAND, LÀ... C'EST BIEN LE PETIT AMI DE TAKAHASHI, NON ?
LE GRAND ?
ASAOKA ?
NON.
MOI, JE N'AI PAS DE PETIT AMI.
AH BON ?!
ET TU NE TE SENS PAS UN PEU MAL À L'AISE ?
NON.
JE NE SUIS LÀ QUE COMME AMIE DE HARUNA.

... J'AI LE SENTIMENT QUE CE QUI S'EST PASSÉ A RENFORCÉ LE LIEN QUI NOUS UNIT, YO ET MOI ! ALORS, JE N'AI PAS PERDU AU CHANGE !
AU FAIT, MAMI, ELLE A DÉJÀ COMMENCÉ À T'EMBÊTER ?
OH
HEIN ?
Ah, Matsuzaka ?
INTÉRESSANT. TOUS LES MIDIS, ELLE MANGE À LA CANTINE. ÇA POURRAIT ME SERVIR.
OUAAAAAH !
EH, BIEN... DISONS QUE POUR LE MOMENT, J'AI UN PEU L'IMPRESSION D'ÊTRE CONSTAMMENT SUIVIE...
OH, MA PAUVRE MAMI ! JE SUIS DÉSOLÉE !
TU N'AS PAS À T'EN VOULOIR, HARUNA.
AU FAIT, COMMENT ÇA SE FAIT QUE VOUS AYEZ TOUTES LES DEUX DES PETITS COPAINS QUI SONT EN PREMIÈRE ?
Vous les avez dragués ensemble ou quoi ?
HEIN ?

TU SAIS, FUMI, J'AI PARTICIPÉ AU SAUVETAGE.
AH BON ?
C'EST SUPER, ASAMI ! JE SUIS FIER DE TOI !
AU FAIT, LE SNOW, C'ETAIT COMMENT ?
EUH ...
ON N'Y EST PAS ALLÉS !
J'AVAIS TOUT SAUF ENVIE D'ALLER QUELQUE PART DE FROID.
AH, BON. C'EST DOMMAGE.
HARUNA SEMBLAIT TELLEMENT ENTHOUSIASTE À L'IDÉE D'Y ALLER.
NE T'EN FAIS PAS ! ÇA NE ME DÉRANGE PAS DU TOUT !
Il y a plus important dans la vie !
MÊME SI LE VOYAGE À LA MONTAGNE A ÉTÉ ANNULÉ...
EFFECTIVEMENT, TU N'AS PAS L'AIR TRÈS AFFECTÉE.
Ha ha ha ha !
...

EUH... COMMENT DIRE...
POURQUOI VOUS NOUS REGARDEZ BIZARREMENT, TOUT À COUP ?
SEULS... TOUS LES DEUX...
... DANS UNE TOUTE PETITE PIÈCE...
... LIVRÉS À VOS INSTINCTS... À L'ABRI DES REGARDS...
BRAVO, HARUNA. TU VOIS POUR QUOI TU NOUS FAIS PASSER ?

Are you going to read books now ?

UN PIÈGE ?
VOUS VOUS ÊTES RETROUVÉS ENFERMÉS ?
EH, BIEN ! QUELLE HISTOIRE !
OUI ! ♡
COMMENT EST-CE QUE VOUS POU-VEZ ÊTRE SI SOURIANTS, APRÈS TOUT ÇA ?

SI J'AVAIS SU QU'ELLE AVAIT PRÉVU DE NOUS SORTIR DE LÀ, JE SERAIS BIEN RESTÉ UN PETIT PEU PLUS LONG-TEMPS.
HEIN ?

ELLE FAIT DES EFFORTS.
C'EST JUSTE QU'ELLE NE LE MONTRE PAS.
MAINTENANT QUE JE T'AI, TOI QUI ME CONNAIS SOUS MON VRAI JOUR... ET QUI M'ACCEPTES POUR CE QUE JE SUIS...
?
JE SUIS HEUREUSE !

...
YO...
... JE SUIS CONTENTE D'ÊTRE TOMBÉE AMOUREUSE DE TOI.
QU'EST-CE QUE TU RACONTES ?
C'EST VRAI QUE J'AI TOUJOURS FAIT BEAUCOUP D'EFFORTS... MAIS JUSQU'ICI, CE N'ÉTAIT QUE POUR MOI.

BON DÉBAR-RAS.
EUH ... OUI.
JE M'EN VEUX UN PEU POUR MAMI.
PAUVRE TAKAHASHI.
RENTRONS.
ON FAIT QUOI POUR LE SNOW-BOARD, DEMAIN ? ON Y VA OU PAS ?
LAISSONS TOMBER POUR CETTE FOIS.
J'AI EU SUFFISAM-MENT FROID COMME ÇA.
COMME TU VEUX.

MAIS ALORS... TAKAHASHI !
EUH... OUI ?
LA VÉRITABLE COUPABLE... C'ÉTAIT TOI !
QUOIIIIII ?!
MOI ?!
EUH... HARUNA, JE RENTRE.
OK. SALUT !
N'ESSAIE PAS DE T'ENFUIR !
LAISSE-MOI TRANQUILLE.
JE VAIS TE RENDRE MALHEUREUSE !
NOOON !
...

MATSU-ZAKA...
VU QU'ON N'EST PLUS DANS DES ÉQUIPES RIVALES, JE PEUX TE LE DIRE.
IL Y A CHEZ TOI CE QU'ON APPELLE ENTRE NOUS LE "PATTERN MATSUZAKA".
L'ENTRAÎNEUR ET MOI L'AVIONS DÉCOUVERT EN ANALYSANT DES VIDÉOS DE TON ÉQUIPE, AU COLLÈGE.
POUR UNE RAISON QUE J'IGNORE, SI ON TE FAIT UNE BALLE INTÉRIEURE HAUTE AU PREMIER LANCER, UNE BALLE DROITE PLEIN CENTRE AU SECOND, ET UNE BALLE INCURVÉE VERS L'EXTÉRIEUR AU TROISIÈME, TU LES RATES À CHAQUE FOIS.
Dis donc, c'est profond, le softball.
FAIS-Y ATTENTION À L'AVENIR. ÇA TE RENDRA DE GRANDS SERVICES.
LE "PATTERN MATSUZAKA"...?
OUI.
C'EST... C'EST DONC GRÂCE À ÇA QUE JE N'AI JAMAIS RÉUSSI À FRAPPER LES BALLES DE NAGASHIMA ?
JE PENSE, OUI.

ZA
AAM
COMMENT EST-CE POSSIBLE ...?
ALORS QUE... ALORS QUE JE N'AI JAMAIS CESSÉ DE M'ENTRAÎNER !
ASSEZ. J'ARRÊTE.
MÊME PENDANT QU'ELLE, ELLE PERDAIT SON TEMPS À SE TROUVER UN PETIT AMI ?

!!
WHOOM
WuUU

WOOOOOOOSH
WOOOOM
THOOOM

JE VEUX UN DERNIER DUEL !
SUR LE TERRAIN ! TOUT DE SUITE !
HEIN ?
ACCEPTE.
S'IL N'Y A QUE ÇA POUR QU'ELLE NOUS LAISSE TRANQUILLES...
O... OK. MAMI, TU ES D'ACCORD POUR PARTICIPER ?
OUI...
COMME SI J'AVAIS LE CHOIX...
ON SE PASSE D'ARBITRE ?
ON FAIT ÇA OÙ ?
DEHORS ?
AVEC TOUTE CETTE NEIGE ?
MOI, JE RENTRE. IL FAIT TROP FROID.
J'AI PAS ENVIE D'Y ALLER...
HAA...

...
BON, CECI DIT, PEUT-ÊTRE QU'ELLE A VRAIMENT UNE CERVELLE D'OISEAU, AUSSI.
ET QU'ELLE OUBLIE SES TOURMENTS DÈS QU'ILS SONT PASSÉS.
JE SAIS TOUT ÇA.
QU'ELLE S'EN-TRAÎNAIT BEAU-COUP...
QU'ELLE FAISAIT DES EFFORTS ... JE LE SAIS.
OH ! TU AS COMPRIS, ALORS ?
TU VAS ARRÊTER DE NOUS EMBÊTER ?
Même si c'est vrai que tu ne le montres pas.
Mais alors pas du tout !
N'EMPÊCHE QUE JE LUI EN VEUX TOUJOURS AUTANT...
... POUR TOUS LES MAUVAIS SOUVENIRS QU'ELLE M'A INFLIGÉS !
DAAN

ET JE SUIS PRÊT À PARIER QUE QUAND VOUS ÉTIEZ AU COLLÈGE ...
... C'ÉTAIT LA MÊME CHOSE. HARUNA TRAVAILLAIT D'ARRACHE-PIED POUR DEVENIR MEILLEURE.
PLUS QUE N'IMPORTE QUI.
SIMPLEMENT, ELLE NE LE MONTRAIT PAS.

TU TE TROMPES COMPLÈTEMENT SUR LE COMPTE DE HARUNA.
C'EST VRAI QU'ELLE N'A PAS L'AIR DE FAIRE DES EFFORTS OU DE SOUFFRIR.
MAIS C'EST SIMPLEMENT PARCE QU'ELLE NE LE MONTRE PAS.
SI ELLE EST AVEC MOI, AUJOURD'HUI...
... C'EST JUSTEMENT PARCE QU'ELLE A FAIT UN ÉNORME TRAVAIL SUR ELLE-MÊME, POUR SURMONTER DES OBSTACLES GIGANTESQUES.

TU ...
TU ES STUPIDE, OU QUOI ?!
QU'EST-CE QUI T'A FAIT CROIRE QUE C'ÉTAIT UN SCÉNARIO PLAUSIBLE ?!
TU NOUS PRENDS POUR QUI ?!
PEUH
Le coup de la lettre a marché.
Arrrgh !
RIEN QUE LE FAIT QU'ELLE AIT CHOISI HARUNA COMME PIRE ENNEMIE ...
... EN DIT LONG SUR LE PERSONNAGE.
RÉUSSIR À SORTIR DE LÀ SANS MON INTERVENTION... TU AS VRAIMENT UNE CHANCE HORS DU COMMUN !
QU'EST-CE QUE JE VAIS BIEN POUVOIR TE FAIRE, LA PROCHAINE FOIS ?
LA PROCHAINE FOIS ?
PARCE QU'IL VA Y EN AVOIR UNE ?
NON MAIS ÇA NE VA PAS OU QUOI ?
Tu exagères !
LE SIMPLE FAIT DE SAVOIR QUE TU EXISTES M'EST INSUPPORTABLE !
J'exagère ? Moi ? Tu ne t'es pas vue ?!
TU VIS TA VIE SANS LE MOINDRE STRESS, SANS LE MOINDRE EFFORT, SANS LA MOINDRE SOUFFRANCE ! ET EN PLUS, JE DEVRAIS SUPPORTER DE TE VOIR TE PAVANER DEVANT MOI AVEC TON PETIT COPAIN ?!
UNE SECONDE.

JE...
JE N'AVAIS PAS L'INTENTION DE VOUS LAISSER LÀ-DEDANS ÉTERNELLEMENT.
HEIN ?
TU VEUX DIRE QUE... TU N'ESSAYAIS PAS DE NOUS TUER ?
NE DIS PAS DE BÊTISES.
JE NE SUIS PAS IDIOTE AU POINT DE FAIRE UNE CHOSE PAREILLE.
MAIS ALORS ... QU'EST-CE QUE TU CHERCHAIS À FAIRE ?
MON PLAN ÉTAIT ...
... DE VOUS LAISSER SEULS DANS UN ESPACE RÉDUIT, LIVRÉS À VOUS-MÊME...
... UR FAIRE SSORTIR TRE INSINCT DE NSERVATION...
PIÈGE NUMÉRO 1
C'est à moi ! Non ! À moi !
... VOUS OBLIGER À VOUS BATTRE POUR L'UNIQUE COUVERTURE...
PIÈGE NUMÉRO 2
À moi !
Non ! À moi !
... ET POUR LE SEUL ALIMENT DISPONIBLE.
PIÈGE NUMÉRO 3
POUR, EN DÉFINITIVE ...
J'aurais mieux fait de m'en trouver un comme ça !
Parce que tu crois que tu me plais, toi ?
.. QUE US VOUS NTRIEZ À L'AUTRE IS VOTRE OUR LE IS LAID.

TAC
COMMENT AS-TU OSÉ FAIRE ÇA À YO ?!!
HEUREU-SEMENT POUR TOI QU'IL N'Y A PAS EU DE CONSÉ-QUENCES GRAVES !
JE NE TE L'AU-RAIS PAS PARDON-NÉ !
DOUCE-MENT, JE NE SUIS PAS MORT ...
...

QU'ON ME DONNE L'ADRESSE DE MATSUZAKA !
SON ADRESSE ?
DEMANDE AU PROF !
DING DONG
OUI ?
OH...

QUAND ON A ESSAYÉ DE T'APPELER DEPUIS TA CLASSE, ON A ENTENDU TON TÉLÉPHONE SONNER DANS TON SAC.
ON A VU QUE TU AVAIS ENVOYÉ UN MAIL À GRAND FRÈRE, ALORS ON S'EST PERMIS DE LE LIRE.
Il y a quelque chose qui cloche...
Oui...
QUAND ON EST DESCENDUES, ON A TROUVÉ LA PORTE DE LA REMISE COINCÉE AVEC UN BÂTON.
PUIS, ON A ENTENDU DU BRUIT À L'INTÉRIEUR. ALORS, ON A OUVERT.
MERCIIII !
CE... CE N'ÉTAIT RIEN.
Vous êtes géniales, toutes les deux !
GRAND FRÈRE, TES MAINS SONT GELÉES ...
AÏE ! NE TOUCHE PAS !
POURQUOI ? QU'EST-CE QU'IL Y A ?
JE CROIS QUE JE ME SUIS TORDU QUELQUE CHOSE ...

OUAAAH ! VOUS M'AVEZ FAIT PEUR !
TOUT VA BIEN ?
MAMI ?!
ASSA ?!
QU'EST-CE QUE VOUS FAITES ICI ?
JE T'AI VUE PARTIR AVEC UNE LETTRE LOUCHE À LA MAIN...
... EN REGARDANT AUTOUR DE TOI COMME SI TU AVAIS PEUR D'ÊTRE SUIVIE...
ET PUIS GRAND FRÈRE NE RÉPONDAIT PAS AU TÉLÉPHONE...
PAS DE BOBO ?
... NI TOI À TES MAILS ...

2

Récemment, j'ai goûté de l'aojiru* pour la première fois de ma vie. C'était de l'aojiru de marque.

Il a un goût particulièrement prononcé. Tellement qu'après avoir bu ma première gorgée, je me suis dit : "je n'arriverai pas à en avaler plus que ça". Pourtant je m'y suis habituée, si bien que, quand j'ai voulu essayer un aojiru moins fort, d'une autre marque, j'ai trouvé qu'il manquait d'un petit quelque chose.
Du coup, j'ai commandé une caisse du premier. J'adore et ça a un effet positif sur mon corps, aussi : je suis en pleine forme !
Ceci dit... Depuis des années, je me dis que je dois maigrir. Or, au lieu d'acheter des produits "bons pour la ligne", je n'arrête pas d'acheter ce genre de produits estampillés "bons pour la santé".
Comme en plus, j'ai bon appétit (peut-être justement parce que je pète la forme ?), c'est même l'inverse qui se produit : je prends des kilos !
Une seule solution : le sport.
J'ai donc commencé à prendre des cours de yoga auprès d'une amie. J'en fais un peu chaque soir, avant de me coucher.
Je me demande jusqu'à quand je vais tenir. Si ça se trouve, quand vous lirez ces lignes, j'aurai déjà laissé tomber depuis longtemps.
Habituellement, le sport, je m'en lasse tout de suite.
Mais l'aojiru, je pense que c'est parti pour durer !
Aaaah ! C'est trop bon !

Ça a un goût de gazon.

À la prochaine fois !

*JUS VERT FAIT À PARTIR DE CHOU FRISÉ, RÉPUTÉ POUR SON GOÛT TRÈS PARTICULIER.

IL FAUT TOUJOURS QUE TU ME FASSES TOUT DIRE À VOIX HAUTE. MÊME CE GENRE DE PHRASES UN PEU HON-TEUSES.
TU POURRAIS COMPRENDRE LES SOUS-ENTENDUS, UNE FOIS DE TEMPS EN TEMPS.
JE...
JE VEUX TE PROTÉGER... MAIS... TU... TU VEUX ME PROTÉGER AUSSI...
ALORS... SI ON ESSAYAIT TOUS LES DEUX ?
SI ÇA SE TROUVE, ON ARRIVERA À LA FAIRE BOUGER, CETTE PORTE.

LAISSE-MOI FAIRE.
MAIS... NON ! YO ! TU VAS TE FAIRE DU MAL !
HARUNA.
C'EST RÉCIPROQUE.
QUOI DONC ?
MOI AUSSI ...
... JE VEUX...
... TE PROTÉGER.

NOUS ALLONS SORTIR D'ICI TOUS LES DEUX. VIVANTS !!
ET PUIS NOUS IRONS REMPLIR NOTRE AVENIR DE BONS SOUVE-NIRS !

QU'EST-CE QUE TU FAIS ?
JE VAIS ENFONCER LA PORTE !
TU N'Y ARRIVERAS JAMAIS. ELLE EST BIEN TROP ÉPAISSE.
LAISSE TOMBER.
TU VAS TE BLESSER.
ÇA NE ME DÉRANGE PAS.
MOI, SI.
SI JE NE TE SORS PAS RAPIDEMENT D'ICI, TU VAS MOURIR GELÉ.
LAISSE-MOI FAIRE.
N'EXAGÈRE PAS. ÇA NE RISQUE PAS.
J'AI DIT QUE JE TE PROTÈGERAI. ET JE TIENDRAI PAROLE !

JE TE PROTÈGE-RAI, QUOI QU'IL M'EN COÛTE !!
TAP TAP TAP TAP TAP TAP TAP
!!

SMILE
YO...
JE T'AIME TANT !
TU ES CE QUE J'AI DE PLUS PRÉCIEUX AU MONDE.

REGARDE ! UN PAQUET DE CHOCOLATS !
*CHOCOLATS.
QUEL-QU'UN A DÛ LES OU-BLIER.
C'ÉTAIT PEUT-ÊTRE QUELQU'UN QUI VENAIT ICI POUR MAN-GER EN CACHETTE ?
OH, NON ! IL N'Y EN A QU'UN.
PRENDS-LE, YO. JE TE LE LAISSE.
C'EST PLUTÔT TOI QUI DEVRAIS LE MANGER. TU T'ES DÉPENSÉE. TU EN AS PLUS BESOIN QUE MOI.
PRENDS-LE, JE TE DIS. IL EST POUR TOI.
CLAC
OK.
UNE MOITIÉ CHACUN.

筋肉に酔*いしれろ!!
全国マッチョ大会
JE SUIS DÉSOLÉ.
HEIN ?
Pourquoi ?
SI J'AVAIS ÉTÉ AUSSI MUSCLÉ QUE CES TYPES, LÀ...
... J'AURAIS SÛREMENT PU NOUS SORTIR D'ICI.
YO...
TU ME DIS ÇA ALORS QUE... C'EST DE MA FAUTE SI NOUS SOMMES ICI.
C'EST... C'EST TELLEMENT GENTIL !
SI EFFECTIVE-MENT IL Y AVAIT EU UN GROS PROBLÈME...
DANS LE DOUTE, JE NE VOULAIS PAS PRENDRE DE RISQUES.
JE COM-MENCE À AVOIR FAIM.
*DU MUSCLE, RIEN QUE DU MUSCLE

JE TE L'AI DIT...
... JE NE FERAI RIEN.
OK.
IL NE FERA RIEN, IL NE FERA RIEN... PEUT-ÊTRE, MAIS...
... N'EMPÊCHE QUE...
... JE SENS...
... SON SOUFFLE...
... SUR MES CHEVEUX.
ET SON ODEUR... ELLE EST SI AGRÉABLE.
SON SHAMPOOING ?
UN PARFUM ?

ET... ET SI... ÇA TOURNAIT VRAIMENT COMME ÇA...?
YO...
HARUNA...
MARMONNÉ
N'OUBLIE PAS QUE JE LIS EN TOI... SURTOUT QUAND TU FANTASMES À VOIX HAUTE.
Fantasme
COMME TA PEAU EST CHAUDE...
LE MONDE PEUT S'ÉCROULER.
...MAIS...
D'UN AUTRE CÔTÉ... C'EST PEUT-ÊTRE MA CHANCE...
CE SONT TES VÊTEMENTS MOUILLÉS DE SUEUR QUE TU PARLES D'ENLEVER ? SINON JE NE VOIS PAS TROP POURQUOI TU AURAIS BESOIN DE TE DÉSHABILLER.
Fantasme
OUAAAAAH ! LA HOOOONTE !
CE N'EST PAS LA PREMIÈRE FOIS QUE JE DEVINE TES PENSÉES.
SAUF QUE LÀ, J'AI VRAIMENT HONTE !
HMM. OUI. ÇA SE COMPREND.

DIS DONC... TU AS VRAIMENT UNE TEMPÉRATURE CORPORELLE ÉLEVÉE.
ON SE DEMANDERAIT PRESQUE SI TU N'AS PAS DE LA FIÈVRE.
EUH... LÀ, ELLE EST BEAUCOUP PLUS ÉLEVÉE QUE D'HABITUDE !
JE N'EN PEUX PLUS.
JE VAIS EXPLOSER.
SEULE AVEC YO... DANS LE FROID...
BLOTTIS SOUS LA MÊME COUVERTURE...
C'EST LE GENRE DE CONDITIONS...
RIEN À FAIRE... J'AI TOUJOURS AUSSI FROID.
DÉSHABILLE-TOI. JE VAIS TE RÉCHAUFFER AVEC MA PEAU.
... OÙ TOUT... TOUT PEUT ARRIVER...!

FLAP
DÉ-
PÊCHE-
TOI.
J'AI
FROID,
JE TE
DIS.
!
OU...
OUAAAAH !

J'AI FROID.
ON AURA PLUS CHAUD À DEUX.
EUH...
OU... OUI...
ZWIII
ZWIII
ZWIII
...

HARUNA.
QUOI ?

PEINE PERDUE.
JE NE TROUVE RIEN.
MOUI. IL FALLAIT S'Y ATTENDRE.
...
PARDON, YO.
DIRE QUE NOUS DEVIONS ALLER À LA MONTAGNE ...
BAH, ON EN A DÉJÀ LE FROID.
QUE FAIRE ...?
BRRRR
OUPS ...
JE ME REFROIDIS, D'UN COUP.

SUPER FIN
...
REGARDE LÀ ! UNE ALARME ANTI-INCENDIES !
SI ON LA FAIT SONNER, IL Y A FORCÉMENT QUELQU'UN QUI VIENDRA ! IL NOUS SUFFIT DE FAIRE DE LA FUMÉE...
ET COMMENT TU COMPTES T'Y PRENDRE, AU JUSTE ?
...
LAISSE TOMBER, ÇA NE MARCHERA PAS.
IL FAUT DE LA SCIURE OU DES BRINDILLES POUR QUE ÇA PRENNE.
JE VAIS CHERCHER S'IL N'Y A PAS QUELQUE PART UN OBJET QUI POURRAIT NOUS ÊTRE UTILE !
ÉCOUTE, QUAND TU SERAS FATIGUÉE, TU ME PRÉVIENS, HEIN.

ZUT. IL N'Y EN A QU'UNE SEULE.
WHUP WHUP WHUP
PRENDS-LA, YO.
ET TOI ?
MOI, JE VAIS ESSAYER DE TROUVER UNE SORTIE.
AH, BON.
VOYONS VOIR LA PORTE…
ELLE N'EST PAS FERMÉE À CLÉ.
MAIS ELLE EST BLOQUÉE DE L'EXTÉRIEUR.
Impossible de la faire bouger.
NOUS SOMMES AU SOUS-SOL, ET POURTANT, IL Y A UNE CIRCULATION D'AIR.
CE QUI VEUT DIRE QUE NOUS SOMMES CONNECTÉS AVEC L'EXTÉRIEUR !
CHERCHONS LE CONDUIT D'AÉRATION !
TU VEUX DIRE… CE TRUC, LÀ ?

WHAP
!
METS ÇA.
MOI, ÇA IRA.
SÉRIEUX.
IL FAUT QU'ON TROUVE DE QUOI SE COUVRIR !
DE QUOI SE COUVRIR !!
AH ! UN FILET !
PARFAIT... POUR LES COURANTS D'AIR.
DES MATELAS !
FROIDS ET DURS.
OH ! REGARDE ! DES COUVERTURES !
IL Y A DES COUVERTURES !
LA CLASSE.

BOÎTE DE RÉCEPTION
DE : HARUNA NAGAS
1/17 13:
URGENT
YO, IL Y A UN GROS PROBLÈME. REJOINS-MOI DANS LA REMISE SOUS LE GYMNASE APRÈS LES COURS. C'EST URGENT. DÉSOLÉE.
ET... ET TOI ?
UN MAIL.
HÉ ! MAIS ÇA A ÉTÉ ENVOYÉ AVEC MON PORTABLE !
ÇA M'A PARU LOUCHE ...
... MAIS ...
... SI EFFECTIVEMENT IL Y AVAIT EU UN GROS PROBLÈME...
DANS LE DOUTE, JE NE VOULAIS PAS PRENDRE DE RISQUES.
YO...
NOUS VOILÀ DANS DE BEAUX DRAPS.
BRRRR

TU CROIS QUE C'EST MATSUZAKA QUI A FAIT LE COUP ?
QUI D'AUTRE ?
TOUT EST DE MA FAUTE !
COMMENT EST-CE QU'ELLE T'A ATTIRÉE ICI ?
UNE LETTRE.
J'ai à te parler. C'est au sujet du voyage en montagne. Viens me rejoindre après les cours sans te faire voir par personne. Je serai dans la remise sous la salle de sport.
COMMENT AS-TU PU TE LAISSER BERNER PAR ÇA ?
HEIN ?
NON MAIS TU AS LU CE TEXTE ?
IL Y A MÊME DES PARTIES SOULIGNÉES.
JE SUIS DÉÇU.

DIRE QUE NOUS ÉTIONS CENSÉS...
... PASSER LE WEEK-END À LA MONTAGNE... À NOUS AMUSER...
QUAND JE PENSE QUE...
... J'AVAIS MÊME PRÉVU D'ALLER M'ACHETER DES VÊTEMENTS POUR LE VOYAGE...
POURQUOI FAUT-IL QU'ON SE RETROUVE ICI, DANS CE RÉDUIT MINABLE...
... À SE GELER, ET À SE DEMANDER SI ON VA S'EN SORTIR VIVANTS ?

IL N'Y A PERSONNE AU GYMNASE, AUJOURD'HUI. TU TE FATIGUES POUR RIEN.

IL Y A QUEL-QU'UN ?!
HÉÉÉ !
HOOOO !
IL Y A QUEL-QU'UN ?
À L'AIIIDE !

* CHOCOLATS ** DU MUSCLE, RIEN QUE DU MUSCLE !

OH !
ILS ONT LE CD QUE JE CHERCHAIS.
C'EST VRAI ? COOL !
IL ÉTAIT EN RUPTURE PARTOUT. CE N'EST PAS UN GROUPE TRÈS CONNU, IL NE DEVAIT PAS Y AVOIR BEAUCOUP DE STOCKS.
DANS LE NORD, D'ABONDANTES CHUTES DE NEIGE SONT À PRÉVOIR À PARTIR DE LA MI-JOURNÉE, JUSQUE TARD DANS LA NUIT.
AU FAIT, C'EST DEMAIN QUE YO ET HARUNA PARTENT À LA MONTAGNE ! ILS SONT GÂTÉS, AVEC TOUTE CETTE NEIGE.
OUI.
DES TEMPÉRATURES DESCENDANT JUSQU'À MOINS TREIZE SONT À PRÉVOIR. CETTE NUIT SERA LA PLUS FROIDE DEPUIS LE DÉBUT DE LA SAISON.
PRENEZ GARDE AU GEL DES CONDUITES D'EAU.

SI QUELQU'UN VOUDRAIT NOUS TUER, IL NE S'Y PRENDRAIT PAS AUTRE-MENT.
FWOOOOOOOOO
YO... JE TE PROTÈ-GERAI...
JE... JE PROTÈGERAI NOTRE... BONHEUR...

C'ÉTAIT UN PIÈGE !
ÇA... ÇA NE S'OUVRE PAS !
TON PORTABLE ...?
NON. PAS DE RÉSEAU.
CE QUI VEUT DIRE QUE... ON VA DEVOIR RESTER ICI... JUSQU'À CE QUE QUELQU'UN S'APERÇOIVE DE NOTRE ABSENCE...
... SEULS TOUS LES DEUX !
JE CROIS QU'ON N'A PAS LE CHOIX.
MAIS IL Y A PLUS URGENT.
IL FAIT GLACIAL, ICI.

YO ! TU ES LÀ.
TU VOU-LAIS ME PARLER ?
HEIN ?
KLANNG
MAIS... NON ! C'EST TOI QUI VOULAIS ME PARLER !
?!
TAP TAP TAP TAP TAP

JE SUIS CREVÉE !
BLABLA
Enfin, c'est terminé.
Ce serait sympa s'ils mettaient le chauffage dans cette salle de gym.
Je ne te le fais pas dire.
J'AIME BIEN LE SPORT ...
... MAIS EN DERNIÈRE HEURE, ÇA CREUSE !
TIENS ?
De la part de Yo.
J'ai à te parler. C'est au sujet du voyage en montagne. Viens me rejoindre après les cours sans te faire voir par personne. Je serai dans la remise sous la salle de sport.
SANS ME FAIRE VOIR PAR PERSONNE ?
BIZARRE.
KRAA
LEVEZ-VOUS !
SALUEZ !
KRAA
KRAAA
VOYONS VOIR ... LA REMISE ...
AH !
LA VOILÀ !
Remise
RR
RR

JE TE PROTÈGERAI ! JE TE LE PROMETS !
QU'ELLE VIENNE, AVEC SA MAGIE, SON POISON, OU TOUT CE QU'ELLE VOUDRA !
JE PROTÈGERAI YO ! JE PROTÈGERAI CE BONHEUR !
ROUL
SLIP
FARFOUILLE
BIP
BIP

FWIP
IL M'A DIT "JE T'AIME"...
IL M'A DIT "JE T'AIME" !!
YO !!

AH... OUI ? TU ES SÛRE ?
OUI !
OH, YO...
TU... TU M'AIMES !
C'EST TOUJOURS COMME ÇA QUAND JE PARLE AVEC TOI.
TU ME FAIS DIRE DES... DES CHOSES !

MAIS ALORS ...
... POURQUOI ? JE NE...
QU'EST-CE QU'IL Y A ?
TU... TU VIENS DE ME DIRE "JE T'AIME" POUR LA PREMIÈRE FOIS !

PARDON DE T'AVOIR ENTRAÎNÉ DANS TOUT ÇA.
ÇA VA.
DANS LE FOND... PEUT-ÊTRE QUE LA MEILLEURE SOLUTION, CE SERAIT QUE TU TOMBES AMOUREUX D'ELLE.
AUCUNE CHANCE, JE T'AI DIT.
ELLE AUSSI, ELLE A FAIT DU SOFTBALL.
SI ÇA SE TROUVE, ELLE EST ENCORE PLUS MUSCLÉE QUE MOI.
TU RECOMMENCES.
HARUNA... CE N'EST PAS POUR TES QUALITÉS SPORTIVES QUE JE T'AIME.
HEIN ? AH BON ?

ATTENDS !
DONNE-MOI ÇA !
SLURP
C'EST BON, TU PEUX Y ALLER. C'EST SANS DANGER.
...
TU DEVIENS PARANOÏAQUE.
AÏE !
QU'EST-CE QU'IL Y A ?!
RIEN. JUSTE DES CLOUS QUI DÉPASSENT.
VITE ! À L'INFIRMERIE ! ILS ÉTAIENT PEUT-ÊTRE RECOUVERTS DE POISON !
Pas une seconde à perdre !
POO
TU AS GAGNÉ. JE SUIS STRESSÉ, MAINTENANT.
Infirmerie
...

NE T'ÉLOIGNE PAS DE MOI ! SOUS AUCUN PRÉTEXTE !
ENCORE ?
DES RUMEURS, TU DIS ...
SI ELLE N'ARRIVE PAS À T'AVOIR... ELLE N'HÉSITERA PAS À TE TUER !
PLITCH
TU N'AS PAS L'IMPRESSION D'EXAGÉRER UN PETIT PEU ?
JE TE PROTÈGERAI, DUSSÉ-JE Y PERDRE MA PROPRE VIE !
MERCI. C'EST SYMPA.
PAR MOMENTS, JE ME DEMANDE SI JE DOIS TE CONSIDÉRER COMME MA PETITE AMIE, OU COMME MON PETIT AMI.

DES... RUMEURS ?
OUI. TOUT LE MONDE DISAIT QUE POUR GAGNER, ILS NE RECULAIENT DEVANT RIEN.
JE NE SAIS PAS SI C'EST VRAI OU NON, MAIS J'AI ENTEN-DU QU'ILS AVAIENT FAIT DES CHOSES VRAIMENT PAS NETTES...
... COMME PROVOQUER UNE INTOXICATION ALIMENTAIRE GÉNÉRALISÉE DANS TOUT UN COLLÈGE ADVERSE...
... OU MENACER LES MEILLEURS JOUEURS DES ÉQUIPES CONCUR-RENTES.
LE CERVEAU QUI ÉTAIT DERRIÈRE TOUT ÇA, C'ÉTAIT MATSUZAKA.
C'EST PIRE QUE CE QUE JE PEN-SAIS !
C'EST CARRÉMENT LA VIE DE YO QUI EST EN JEU !
TAP TAP TAP TAP TAP TAP TAP TAP TAP
YO !!

DING DONG
COMME JE SUIS SOULAGÉE !
ÇA SONNE.
DONG DANG
DONG
Ta salle est loin. Dépêche-toi d'y aller.
J'IGNORE CE QUE TU AS L'INTENTION D'ESSAYER AVEC YO...
... MAIS SACHE QU'IL NE TOMBERA PAS DANS TES GRIFFES !
QU'EST-CE QU'ELLE MANIGANCE ?
HIN
IL Y AVAIT DE DRÔLES DE RUMEURS SUR KURO-TO MINAMI, LE COLLÈGE OÙ ÉTAIT MATSUZA-KA..

JE T'AVOUE QUE JE NE SUIS PAS SURPRIS.
HEIN ? C'EST VRAI ?!
EH, BIEN... OUI. FALLAIT VOIR LES TÊTES QU'ELLE TE FAISAIT.
JE PENSE QU'À PART TOI, TOUT LE MONDE AVAIT COMPRIS.
TU CROIS SÉRIEUSEMENT QUE JE VAIS ME LAISSER SÉDUIRE PAR ELLE ?
C'EST OBLIGÉ.
ELLE A L'AIR FORTE.
C'EST UNE SPORTIVE.
ELLE EST COMME MOI.
SAUF QU'ELLE EST PLUS BELLE. ALORS, JE NE VOIS PAS CE QUI T'EMPÊCHERAIT DE TOMBER AMOUREUX D'ELLE.
OH, LÀ ! DU CALME ! À T'ENTENDRE, J'AI L'AIR D'UN GARÇON QUI A DES GOÛTS BIZARRES.
RASSURE-TOI : IL N'Y A AUCUNE CHANCE QUE JE TOMBE AMOUREUX DE CETTE FILLE.
VRAIMENT ?
ELLE A DES POUVOIRS MAGIQUES, TU SAIS ?
NE DIS PAS DE SOTTISES.
TU PEUX ME FAIRE CONFIANCE.

TAP
TAP
TAP
TAP
TAP
TAP
TAP
TAP
CETTE FILLE EST UNE SORCIÈRE ! YO EST EN DANGER !
YO !!
NE T'ÉLOIGNE DE MOI SOUS AUCUN PRÉTEXTE !
?!!
...
ALORS TOUT ÇA, CE N'ÉTAIT PAS PARCE QU'ELLE T'ADMIRAIT MAIS PARCE QU'ELLE TE DÉTESTAIT.
C'EST ÇA.

HIN
HIN
J'AI OUBLIÉ MA GOMME. DONNE-MOI LA TIENNE.
HEIN ? MAIS... J'EN AI BESOIN, MOI AUSSI.
SI TU VEUX, JE PEUX TE LA PRÊTER, MAIS ...
DONNE-LA-MOI. ♡
TIENS.
La gomme de madame est avancée.
PEUH

C'EST UNE BLAGUE ?!
ÇA FAIT DES ANNÉES QU'ELLE T'EN VEUT.
QUOI ?
SI TU LE SAVAIS... POURQUOI TU NE M'AS RIEN DIT ?
MOI QUI CROYAIS QU'ELLE M'ADMIRAIT...
EH, BIEN... JE PENSAIS QUE TU T'EN ÉTAIS APERÇU ...
MAIS AU FAIT... POURQUOI ELLE S'EST MIS LES CHEVEUX EN QUEUE DE CHEVAL, TOUT À L'HEURE ?
C'ÉTAIT SA COIFFURE DE L'ÉPOQUE.
C'ÉTAIT POUR QUE TU TE SOUVIENNES.
AH BON ?!
TU ME DONNERAIS PRESQUE ENVIE DE LA PLAINDRE.
C'ÉTAIT DONC ÇA !
QUOI QU'IL EN SOIT, ÇA NE LUI DONNE PAS LE DROIT DE TOUCHER À YO !

JE VAIS RUINER TON BONHEUR.
JE VAIS TE VOLER TON PETIT AMI.
QUOI ?!
JE T'INTERDIS DE TOUCHER À YO ! TU N'AS PAS LE DROIT !
PEUH !
C'EST CE QU'ON VERRA !

EUH ... BAH ...
NAVRÉE.
TADADA
RIEN QU'À TE REGARDER, TU M'ÉNERVES !
AVEC TON AIR DE N'AVOIR JAMAIS AUCUN PROBLÈME ! AU COLLÈGE, DÉJÀ, C'ÉTAIT COMME ÇA !
QU'EST-CE QUE TU VEUX QUE JE TE DISE...?
JE VAIS ME VENGER. JE VAIS TE RENDRE MALHEUREUSE.

J'EN AVAIS FINI PAR DÉCIDER DE NE PLUS M'INTÉRESSER AUX GARÇONS... J'AI REFUSÉ DES DIZAINES DE DÉCLARATIONS D'AMOUR...
Je t'aime.
Rentre chez toi.
Non. J'ai d'autres choses à faire.
Désolée.
999
1000 !!
501
502
... JUSTE POUR ME CONCENTRER SUR LE SPORT. JUSQU'À CE QUE J'ARRIVE À FRAPPER UNE DE TES BALLES. MALHEUREUSEMENT, J'AI ÉTÉ OBLIGÉE DE DÉMÉNAGER.
On déménage demain, Reona.
Ton père a reçu une promotion. On part à Aomori.
ET VOILÀ QUE JE RENTRE POUR DÉCOUVRIR QUE TU AS ARRÊTÉ LE SOFTBALL !
DE QUEL DROIT TU TE PERMETS DE DIRE QUE TU AS "FAIT LE TOUR" DU SPORT ?! TU TE RENDS COMPTE...
... DE LA FRUSTRATION DANS LAQUELLE TU M'AS LAISSÉE ?!
HAA
HAA
HAA

... SAUF TOI.
POUR UNE RAISON QUE J'IGNORE, JE N'AI JAMAIS RÉUSSI À FRAPPER TES BALLES.
SI SEULEMENT REONA AVAIT TOUCHÉ CETTE BALLE ...
... ON AURAIT EU UNE CHANCE DE GAGNER ...
DÉSOLÉE, LES FILLES ...
CETTE FOIS NON PLUS ...
... ELLE N'EN A PAS TOUCHÉ UNE.
DÉSOLÉE, LES FILLES ...
VOUS CROYEZ QU'ELLE VA ENCORE FAIRE CHOU BLANC, CETTE FOIS ?
DÉSOLÉE, LES FILLES ...
TU N'IMAGINES PAS LES HUMILIATIONS QUE J'AI SUBIES À CAUSE DE TOI.

ON S'EST DÉJÀ RENCONTRÉES ?
OOOH...
TU NE ME RECONNAIS VRAIMENT PAS ?!
TU AS UNE MÉMOIRE DE POULET OU QUOI ?
ÇA TE DIT QUELQUE CHOSE, MAMI ?
EUH...
C'EST LA MATSUZAKA, HARUNA.
JE L'AVAIS RECONNUE...
... DEPUIS LE DÉBUT.
HEIN ? LA MATSUZAKA ?
MAIS QUELLE MATSUZAKA ?
LA MEILLEURE BATTEUSE TOUTES ÉQUIPES CONFONDUES QUAND ON ÉTAIT AU COLLÈGE. TOUT LE MONDE CONNAISSAIT AU MOINS SON NOM.
OUAH !
MAIS EN QUOI...
... EST-CE QUE J'AI PU ÊTRE UNE CAUSE DE MALHEUR POUR TOI ?
AUCUNE LANCEUSE N'A JAMAIS PU ME RÉSISTER TRÈS LONGTEMPS. AUCUNE...

JE DOIS LITTÉRALEMENT RAYONNER DE BONHEUR !
C'EST TANT MIEUX POUR TOI. PARCE QUE MOI, C'EST PLUTÔT LE MALHEUR QUE J'AI CONNU, À CAUSE DE TOI !
SWIP
REONA MATSUZAKA. QUATRIÈME BATTEUSE DE L'ÉQUIPE DE SOFTBALL DU COLLÈGE MINAMI, DE KUROTO.

BON-JOUR.
EUH... BON-JOUR.
TIENS. JETTE UN COUP D'ŒIL À ÇA.
Ce sont des brochures de voyage.
AH ! POUR LE SNOW-BOARD ?
OUI. TU VEUX ALLER DANS QUEL COIN ?
ON A PRÉVU D'ALLER À LA MONTAGNE CE WEEK-END.
...
VOUS ...
... AVEZ L'AIR HEUREUX, TOUS LES DEUX.
HEIN ? EUH...
ÇA SE VOIT TANT QUE ÇA ?

SALUT !
JE M'APPELLE KOMIYAMA.
C'EST... HÉ HÉ... HÉ HÉ HÉ...
... MON PETIT AMI. ♡
ÇA VOUS DÉRANGE SI ELLE MANGE AVEC NOUS ?
PAS DU TOUT !
TES AMIES SONT NOS AMIES !
BIEN SÛR.
SI TU Y TIENS.
AU CONTRAIRE.

*LITTÉRALEMENT : "DÉBUTS AU LYCÉE". C'EST UNE EXPRESSION QU'ON UTILISE POUR DÉSIGNER LES JEUNES FILLES QUI, EN ENTRANT AU LYCÉE, CHANGENT DU TOUT AU TOUT ET SE METTENT À S'INTÉRESSER AUX GARÇONS.

JE VAIS L'AIDER ! C'EST MOI QUI VAIS FAIRE LE PREMIER PAS !
MATSUOKA !
C'EST MATSUZAKA.
OUPS, PARDON.
ÇA TE DIRAIT DE MANGER AVEC MOI CE MIDI ?
...
POURQUOI PAS.
TU AS L'AIR BONNE EN SPORT.
TU EN FAIS SOUVENT ?
MOUI.
MOI, AU COLLÈGE, J'ÉTAIS DANS L'ÉQUIPE DE SOFTBALL.
HM.
MAIS J'AI TOUT ARRÊTÉ DEPUIS QUE JE SUIS AU LYCÉE.
POURQUOI ?
POUR RATTRAPER MON RETARD DANS... CERTAINS AUTRES DOMAINES !
C'EST-À-DIRE ?

QUAND ELLE ME FIXE, COMME ÇA, DE PRÈS...
ÉTRANGE ...
... ÇA ME DONNE PRESQUE ENVIE DE ROUGIR !
LES DEUX, LÀ-BAS ! OÙ VOUS ALLEZ COMME ÇA ?
N'EMPÊCHE QUE... JE ME DEMANDE POURQUOI ELLE N'ESSAIE PAS DE ME PARLER !
JE SAIS ! ELLE DOIT ÊTRE TROP INTIMI-DÉE !
QUAND JE SUIS ALLÉE PARLER À YO, LA PREMIÈRE FOIS, J'AVAIS DÛ FAIRE UN EFFORT GIGANTESQUE, MOI AUSSI !

OUAH !
IMPRESSIONNANT !
SUIVANTS !
GROUPE UN CONTRE GROUPE CINQ !
DAAN

TOI, FORCÉMENT, ÇA NE TE FAIT RIEN... TU AS L'HABITUDE DE CE GENRE DE CHOSES.
MAIS POUR MOI, C'EST LA PREMIÈRE FOIS.
J'AVOUE QUE CE N'EST PAS DÉSAGRÉABLE !
...
ELLE M'ENVIE !
TIENS !
ATTRAPE !
KYAAAH !
AU SECOURS !
ÇA VA TROP VITE !
HARUNA, VAS-Y DOUCEMENT.
C'EST CLAIR ET NET : ELLE N'ARRÊTE PAS DE ME REGARDER.
SUI-
ANTS !
ROUPE
TROIS
ONTRE
ROUPE
CINQ !

JE N'ARRIVE PAS...
... À LE CROIRE !
J'AI L'IM-PRES-SION ...
... QU'ELLE TE SUIT.
AH, TOI AUSSI ?
C'EST BIEN CE QUE JE ME DISAIS !
MAINTE-NANT, C'EST SÛR !
ELLE TE SUIT ?!
OUI ! PAR-TOUT !
...

CE DOIT ÊTRE UNE FAN.
HEIN ?!
EUH... NON...
UNE FAN ? DE MOI ?!
JE PLAISANTAIS.
EN FAIT, SI ÇA SE TROUVE, DEPUIS QUE JE SUIS AVEC TOI... J'AI CHANGÉ PLUS QUE JE NE LE PENSAIS !
MAINTENANT, JE DÉGAGE UNE AURA DE WINNEUSE !
C'EST GRÂCE À TOI, YO ! JE NE SAIS PAS COMMENT TE REMERCIER !
PUISQUE JE TE DIS QUE C'ÉTAIT UNE BLAGUE.
OH LÀ LÀ.
J'AURAIS MIEUX FAIT DE ME TAIRE.
UNE JOLIE FILLE COMME ELLE ?
M'ENVIER ? MOI ?!

REGARD FIXE
POURQUOI ELLE ME REGARDE COMME ÇA ?
QUELQU'UN T'A REGAR-DÉE FIXE-MENT ?
UN GARÇON ?
UNE FILLE ?
UNE FILLE. UNE NOUVEL-LE. C'ÉTAIT PENDANT LA RÉUNION DE FIN DE COURS.
JE CROIS AUSSI QU'EL-LE S'EST ARRANGÉE POUR S'AS-SEOIR À CÔTÉ DE MOI EXPRÈS.
Et toi... Tu l'as fixée en retour.
EH, BIEN.

C'EST TOI, LE SEIZE ?
TU VEUX BIEN ÉCHANGER AVEC MOI ?
EUH... MAIS... LE PROF A DIT QU'ON N'AVAIT PAS LE DROIT ...
...
ÉCHANGE TA PLACE AVEC MOI.
OK. D'ACCORD. ENTENDU.
Je t'en prie. Assieds-toi donc.
MERCI.
COMMENT ELLE A FAIT ÇA ?!
C'EST INCROYABLE !
C'EST UNE MAGICIENNE OU QUOI ?

CE WEEK-END, YO ET MOI ALLONS À LA MONTAGNE !
COMME J'AI HÂTE ! ♡
Réunion de fin de cours
Tableau
TU AS QUEL NUMÉRO, TOI ?
Ça ne change pas grand-chose.
T'es où ?
Ok !
JE PEUX AVOIR TA PLACE ?
HEP, LÀ ! PERSONNE N'A DIT QUE VOUS AVIEZ LE DROIT D'ÉCHANGER VOS PLACES !
TU AS QUEL NUMÉR DE PLAC HARUN ?
QUINZE.
16 15
17 18

C'EST... MOI, QU'ELLE REGARDE ?
NON. J'AI DÛ RÊVER.
J'AI PRÉPARÉ UN PUPITRE SUPPLÉMENTAI-RE AU FOND DE LA CLASSE. COMMENCE PAR T'Y INSTALLER.
NOUS ÉCIDE- ONS DE A PLACE ÉFINITI- E PEN- ANT LA ÉUNION FIN DE OURS.

JE M'AP-PELLE REONA MATSU-ZAKA.
JE REVIENS HABITER ICI APRÈS QUELQUE TEMPS PASSÉ À AOMORI.
OUAAH ! ELLE EST JOLIE !
MAIS... EN MÊME TEMPS...
AVEC CES JAMBES PLUTÔT COS-TAUDES...
... ET CETTE PEAU QUI RESPI-RE LE SOLEIL...
C'EST BIZAR-RE... ELLE DÉGAGE QUELQUE CHOSE DE PRESQUE... FAMILIER.

TIENS, SALUT !
SALUT ! ÇA FAIT LONG-TEMPS !
ALORS, ÇA Y EST ? TU ES GUÉRIE, À CE QU'IL PARAÎT ?
OUI ! TOUTES MES EXCUSES POUR LES DÉSAGRÉ-MENTS QUE J'AI PU TE CAUSER.
TANT MIEUX.
AS-SEYEZ-VOUS !
LEVEZ-VOUS !
BIEN.
SALUEZ !
JE VOUS PRÉSENTE MADEMOISELLE MATSUZAKA. C'EST UNE NOUVELLE ÉLÈVE QUI VIENT D'ÊTRE TRANSFÉRÉE DANS CE LYCÉE. ELLE ARRIVE D'AOMORI.
ELLE ÉTUDIERA AVEC NOUS PENDANT LES QUELQUES MOIS QUI RESTENT JUS-QU'AU PASSA-GE EN CLASSE SUPÉRIEURE.
JE COMPTE SUR VOUS POUR L'AC-CUEILLIR COMME IL SE DOIT.
MAINTE-NANT, PRÉ-SENTE-TOI À TES CAMA-RADES, S'IL TE PLAÎT.

1

Bonjour !
C'est moi,
Kazune Kawahara.
Voici le volume 5
de Koko Debut !
Ouaaais !
J'ai aussi sorti une
version "audio" de
Koko Debut sur CD !
Ouaaais !

Elle est très réussie, alors si vous avez l'occasion de la trouver quelque part et que vous avez un peu d'argent de poche en rab, achetez-la.
Mais ne vous sentez pas obligées non plus, hein !
Ça coûte cher, un CD.
Pub, pub !

En passant, merci à toutes celles qui en ont déjà fait l'acquisition.

Je trouve le casting et les voix très réussis. si vous n'aimiez pas beaucoup Mami, après ce cd, vous allez l'adorer.
Pub, pub !

Il y a même une lectrice qui a participé. j'étais là pendant l'enregistrement, donc j'ai eu l'occasion de la rencontrer. J'ai eu un peu l'impression d'être une mère face à sa fille. Ça m'a fait bizarre. Mais quelle fille mignonne ! J'espère avoir l'occasion de refaire des projets comme celui-ci.

Ça, ce n'était pas de la pub, mais une petite anecdote !

TU AS DÉJÀ FAIT DU SNOW ?
DU "SNEAU" ? QU'EST-CE QUE C'EST ?
Je vais finir par croire que tu le fais exprès.
DU SNOW-BOARD. DU SURF DES NEIGES, QUOI.
Ce n'est pas possible.
AH ! OK ! NON, JE N'EN AI JAMAIS FAIT.
LE WEEK-END PROCHAIN...
... EST UN LONG WEEK-END.
ÇA TE DIRAIT D'ALLER À LA MONTAGNE ?
OU... OUI !!
PARFAIT. ALORS PRÉVOIS DE TE LEVER TÔT SAMEDI OU DIMANCHE.

Hypnose
Tes paupières sont lourdes... Lourdes... Quand tu te réveilleras...
... Tu seras à nouveau capable de parler avec moi.
Exercice
Allez ! Une bonne suée pour chasser les mauvaises pensées !
Ça caille.
Prière
S'il vous plaît ! Faites que je puisse à nouveau parler normalement avec Yo !
JE NE SAIS PAS CE QUI A MARCHÉ, MAIS... EN TOUT CAS, LE RÉSULTAT EST LÀ.
ET C'EST TANT MIEUX.
EN CONTREPARTIE, LE SEUL SOUVENIR QUI NOUS RESTERA DE CES VACANCES D'HIVER, C'EST TA RÉHABILITATION.
DÉSOLÉE...
MAIS C'EST GRÂCE À ÇA QUE YO ET MOI POUVONS ÊTRE ENSEMBLE...
... ALORS JE NE REGRETTE RIEN !

UUUH...
QU'EST-CE QU'IL Y A ?
JE... JE SUIS SI HEUREUSE DE POUVOIR REPARLER AVEC TOI !
TOUT EST REDEVENU COMME AVANT...
CE N'EST PAS UNE RAISON POUR PLEURER.
QUAND JE PENSE À TOUT CE QUE J'AI TRAVERSÉ POUR EN ARRIVER LÀ...
AH, ÇA...

*L'ANNÉE SCOLAIRE EST DÉCOUPÉE EN TROIS PÉRIODES DE QUATRE MOIS.

WHO
ARE
U?
NEWCOMER

Koko debut
KAZUNE KAWAHARA

Introduction

Yo et **Haruna** parviennent à nouveau à se parler. Mais leur sérénité retrouvée est rapidement troublée par l'entrée en scène d'un personnage mystérieux issu du passé de Haruna : **Reona Matsuzaka**. Qui est-elle ? Et pourquoi en veut-elle tant à notre héroïne ?

Koko debut
5
I ♥ MARGA-RET!!
MARGARET FAN
Kazune Kawahara